# Antologia da poesia portuguesa
## De Camões a Pessoa

**Lendo & Relendo** poesia

# Antologia da poesia portuguesa
# De Camões a Pessoa

Luís de Camões
Bocage
Almeida Garrett
João de Deus
Antero de Quental
Cesário Verde
Antônio Nobre
Eugênio de Castro
Camilo Pessanha
Florbela Espanca
Mário de Sá-Carneiro
Fernando Pessoa

Organização e apresentação de Douglas Tufano

2ª edição
**11ª impressão**

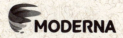

© DOS AUTORES E DO ORGANIZADOR
1ª edição 1993

COORDENAÇÃO EDITORIAL María Inés Olaran Múgica
Maristela Petrili de Almeida Leite
EDIÇÃO DE TEXTO Erika Alonso
COORDENAÇÃO DE PRODUÇÃO GRÁFICA André Monteiro, Maria de Lourdes Rodrigues
COORDENAÇÃO DE REVISÃO Estevam Vieira Lédo Jr.
REVISÃO Editora Manía de Livro
EDIÇÃO DE ARTE, CAPA E PROJETO GRÁFICO Ricardo Postacchini
ILUSTRAÇÕES Eduardo Albini
DIAGRAMAÇÃO Camila Fiorenza Crispino
COORDENAÇÃO DE TRATAMENTO DE IMAGENS Américo Jesus
TRATAMENTO DE IMAGENS Fábio N. Precendo
SAÍDA DE FILMES Helio P. de Souza Filho, Marcio Hideyuki Kamoto
COORDENAÇÃO DE PRODUÇÃO INDUSTRIAL Wilson Aparecido Troque
IMPRESSÃO E ACABAMENTO Bartira
LOTE 240894

---

**Dados Internacionais de Catalogação na Publicação (CIP)**
**(Câmara Brasileira do Livro, SP, Brasil)**

Antologia da poesia portuguesa : de Camões a
Pessoa / organização e apresentação de Douglas
Tufano. — 2. ed. reform. — São Paulo : Moderna,
2005. — (Lendo & relendo)

Vários autores.

ISBN 85-16-03991-9

1. Poesia portuguesa - Coletâneas I. Tufano,
Douglas. II. Série.

05-3146            CDD-869.108

**Índices para catálogo sistemático:**
1. Antologia : Poesia : Literatura portuguesa 869.108
2. Poesia : Antologia : Literatura portuguesa 869.108

Reprodução proibida. Art.184 do Código Penal e Lei 9.610 de 19 de fevereiro de 1998.

Todos os direitos reservados

**EDITORA MODERNA LTDA.**
Rua Padre Adelino, 758 - Belenzinho
São Paulo - SP - Brasil - CEP 03303-904
Vendas e Atendimento: Tel. (0__11) 2790-1300
Fax (0__11) 2790-1501
www.moderna.com.br
2017

*Impresso no Brasil*

# SUMÁRIO

PRAZER EM CONHECER — DOUGLAS TUFANO............ 7

LUÍS CAMÕES...................................................................9

BOCAGE .........................................................................35

ALMEIDA GARRETT........................................................ 43

JOÃO DE DEUS............................................................... 49

ANTERO DE QUENTAL .................................................. 61

CESÁRIO VERDE............................................................ 75

ANTÔNIO NOBRE............................................................ 83

EUGÊNIO DE CASTRO.................................................... 87

CAMILO PESSANHA....................................................... 93

FLORBELA ESPANCA..................................................... 101

MÁRIO DE SÁ-CARNEIRO.............................................. 105

FERNANDO PESSOA ...................................................... 113

NOTAS BIOGRÁFICAS ................................................... 143

BIBLIOGRAFIA ............................................................... 151

BIBLIOGRAFIA CRÍTICA COMPLEMENTAR .................. 152

## PRAZER EM CONHECER

O objetivo principal desta antologia é pôr ao alcance dos estudantes uma seleção de textos que lhes permita um primeiro contato com os grandes poetas portugueses.

A inclusão ou exclusão de alguns nomes é sempre passível de crítica ou discussão, mas cremos estar oferecendo um painel bem representativo da riquíssima produção poética de Portugal nos limites aqui definidos — de Camões a Pessoa.

Os autores foram relacionados segundo a ordem cronológica dos movimentos literários a que pertencem. Da obra de cada um apresentamos breves informações críticas. Essas informações procuram, sobretudo, fornecer pistas de leitura para os estudantes. As notas que acompanham alguns poemas, por sua vez, foram elaboradas com o objetivo de facilitar a leitura ou sugerir a reflexão sobre algum aspecto importante do texto em questão. Não quisemos sobrecarregar o livro com comentários históricos ou estilísticos, que poderão ser feitos pelo professor de acordo com as necessidades de seu curso. No encarte didático que acompanha a antologia, os professores encontrarão várias sugestões de atividades de exploração dos textos.

Esperamos que esta antologia possa ser um bom instrumento de trabalho para os professores, ajudando-os na tarefa de despertar em seus alunos o interesse pela poesia portuguesa.

*Douglas Tufano*

Douglas Tufano nasceu em São Paulo e é formado em Letras e Pedagogia pela Universidade de São Paulo, onde fez também pós-graduação em História e Filosofia da Educação. É professor de literatura e autor de várias obras didáticas para estudantes do Ensino Fundamental e Médio. Há muitos anos ministra cursos de capacitação para professores de todo o Brasil, a convite de Secretarias de Educação e instituições particulares de ensino.

# LUÍS DE CAMÕES

## *POESIA LÍRICA*

A obra lírica de Camões revela, de um lado, a influência da tradição popular da Península Ibérica e, de outro, a influência de autores da Antiguidade latina (como Ovídio, Horácio, Virgílio) e dos humanistas (como os italianos Petrarca e Sannazaro e os espanhóis Boscán e Garcilaso).

A forte presença da tradição poética popular evidencia-se nas redondilhas, com seu humor, sua linguagem coloquial e seu realismo na representação de dramas sentimentais.

A densidade da poesia camoniana revela-se nos textos de inspiração renascentista — nos sonetos, odes, canções, elegias, églogas, oitavas e sextinas. Aí estão expressas sua reflexão sobre a vida humana, a análise do contraditório mundo dos sentimentos, a manifestação do amor platônico.

Amor é um fogo que arde sem se ver;
É ferida que dói e não se sente;
É um contentamento descontente;
É dor que desatina sem doer;

É um não-querer mais que bem-querer;
É um andar solitário por entre a gente;
É nunca contentar-se de contente;
É um cuidar que ganha em se perder;

É querer estar preso por vontade;
É servir a quem vence, o vencedor;
É ter com quem nos mata lealdade.

Mas como causar pode seu favor
Nos corações humanos amizade,
Se tão contrário a si é o mesmo Amor?
...........

Alma minha gentil,[1] que te partiste
Tão cedo desta vida, descontente,
Repousa lá no Céu eternamente
E viva eu cá na terra sempre triste.

Se lá no assento etéreo, onde subiste,
Memória desta vida se consente,
Não te esqueças daquele amor ardente
Que já nos olhos meus tão puro viste.

E se vires que pode merecer-te
Alguma cousa a dor que me ficou
Da mágoa, sem remédio, de perder-te,

Roga a Deus, que teus anos encurtou,
Que tão cedo de cá me leve a ver-te,
Quão cedo de meus olhos te levou.
...........

---

1. formosa, nobre.

Sete anos de pastor Jacó[1] servia
Labão, pai de Raquel, serrana bela;
Mas não servia ao pai, servia a ela,
Que a ela só por prêmio pretendia.

Os dias, na esperança de um só dia,
Passava, contentando-se com vê-la;
Porém o pai, usando de cautela,
Em lugar de Raquel lhe dava Lia.

Vendo o triste pastor que com enganos
Lhe fora assim negada a sua pastora,
Como se a não tivera[2] merecida,

Começa de servir outros sete anos,
Dizendo: — Mais servira[3], se não fora
Para tão longo amor tão curta a vida[4]!
...........

Pois meus olhos não cansam de chorar
Tristezas, que não cansam de cansar-me;
Pois não abranda o fogo em que abrasar-me
Pôde quem eu jamais pude abrandar;

Não canse o cego Amor de me guiar
A parte donde não saiba tornar-me;
Nem deixe o mundo todo de escutar-me,
Enquanto me a voz fraca não deixar.

E se nos montes, rios ou em vales
Piedade mora ou dentro mora amor
Em feras, aves, plantas, pedras, águas,

Ouçam a longa história de meus males,
E curem sua dor com minha dor,
Que grandes mágoas podem curar mágoas.
...........

---

1. Jacó, Labão, Raquel e Lia são figuras da história bíblica (Gênesis, cap. 29); 2. tivesse; 3. serviria; 4. Camões recria livremente a história de Jacó e Raquel para destacar a fidelidade amorosa.

Transforma-se o amador na cousa amada,
Por virtude[1] do muito imaginar;
Não tenho, logo, mais que desejar,
Pois em mim tenho a parte desejada.

Se nela está minha alma transformada,
Que mais deseja o corpo de alcançar?
Em si somente pode descansar,
Pois consigo tal alma está liada[2].

Mas essa linda e pura semideia[3],
Que, como o acidente em seu sujeito,
Assim com a alma minha se conforma[4],

Está no pensamento como ideia;
E o vivo e puro amor de que sou feito,
Como a matéria simples busca a forma.

............

Busque Amor novas artes, novo engenho,
Para matar-me, e novas esquivanças[5];
Que não pode tirar-me as esperanças,
Que mal me tirará o que eu não tenho.

Olhai de que esperanças me mantenho!
Vede que perigosas seguranças!
Que não temo contrastes nem mudanças,
Andando em bravo mar, perdido o lenho[6].

Mas, conquanto não pode haver desgosto
Onde esperança falta, lá me esconde
Amor um mal, que mata e não se vê;

Que dias há que na alma me tem posto
Um não sei quê, que nasce não sei onde,
Vem não sei como, e dói não sei por quê.

............

---

1. por força; 2. unida, ligada; 3. semideusa; 4. amolda; 5. crueldades; 6. barco.

Mudam-se os tempos, mudam-se as vontades,
Muda-se o ser, muda-se a confiança;
Todo o Mundo é composto de mudança,
Tomando sempre novas qualidades.

Continuamente vemos novidades,
Diferentes em tudo da esperança[1];
Do mal ficam as mágoas na lembrança,
E do bem (se algum houve...) as saudades.

O tempo cobre o chão de verde manto,
Que já coberto foi de neve fria,
E em mim converte em choro o doce canto.

E, afora este mudar-se cada dia,
Outra mudança faz de mor[2] espanto:
Que não se muda já como soía[3].

...........

Coitado! que em um tempo choro e rio;
Espero, temo, e quero e aborreço[4];
Juntamente me alegro e entristeço;
De uma cousa confio e desconfio.

Voo sem asas; estou cego e guio;
E no que valho mais menos mereço;
Calando, dou vozes; falo e emudeço;
Nada me contradiz, e eu aporfio[5].

Queria, se ser pudesse, o impossível;
Queria poder mudar-me, e estar quedo;
Usar de liberdade, e ser cativo;

Queria que visto fosse, e invisível;
Queria desenredar-me, e mais me enredo:
Tais são os extremos em que triste vivo!

...........

---

1. daquilo que é esperado; 2. maior; 3. costumava; 4. desprezo; 5. discuto, brigo.

Eu cantarei de amor tão docemente,
Por uns termos em si tão concertados[1],
Que dous mil acidentes namorados[2]
Faça sentir ao peito que não sente,

Farei que amor a todos avivente,
Pintando mil segredos delicados,
Brandas iras, suspiros magoados,
Temerosa ousadia e pena ausente.

Também, Senhora, do desprezo honesto[3]
De vossa vista branda e rigorosa,
Contentar-me-ei dizendo a menor parte.

Porém, para cantar de vosso gesto[4]
A composição alta e milagrosa,
Aqui falta saber, engenho e arte.

...........

O dia em que nasci moura e pereça,
Não o queira jamais o tempo dar;
Não torne mais ao mundo, e, se tornar,
Eclipse nesse passo[5] o Sol padeça.

A luz lhe falte, o Sol se lhe escureça,
Mostre o Mundo sinais de se acabar,
Nasçam-lhe monstros, sangue chova o ar,
A mãe ao próprio filho não conheça.

As pessoas pasmadas, de ignorantes,
As lágrimas no rosto, a cor perdida,
Cuidem que o mundo já se destruiu.

Ó gente temerosa, não te espantes,
Que este dia deitou ao mundo a vida
Mais desgraçada que jamais se viu!

...........

---

1. harmoniosos; 2. expressões amorosas; 3. altivez; 4. ficção; 5. momento.

# Redondilha

*cantiga alheia*
*Na fonte está Lianor*
*Lavando a talha e chorando,*
*Às amigas perguntando:*
*— Vistes lá o meu amor?*

*voltas*
Posto o pensamento nele,
Porque a tudo o amor obriga,
Cantava, mas a cantiga
Eram suspiros por ele.
Nisto estava Lianor
O seu desejo enganando,
Às amigas perguntando:
— Vistes lá o meu amor?

O rosto sobre uma mão,
Os olhos no chão pregados,
Que, de chorar já cansados,
Algum descanso lhe dão.
Desta sorte Lianor
Suspende de quando em quando
Sua dor; e, em si tornando,
Mais pesada sente a dor.

Não deita dos olhos água,
Que não quer que a dor se abrande
Amor, porque, em mágoa grande,
Seca as lágrimas a mágoa.
Depois que de seu amor
Soube novas perguntando,
De improviso a vi chorando.
Olhai que extremos de dor[1]!

---

1. O tema da saudade do namorado, a presença das amigas e o ambiente popular são elementos que mostram a influência das cantigas de amigo nessa redondilha.

# Sextina

Foge-me, pouco a pouco, a curta vida,
Se por caso é verdade que inda vivo;
Vai-se-me o breve tempo de ante os olhos;
Choro pelo passado; e, enquanto falo,
Se me passam os dias passo a passo.
Vai-se-me, enfim, a idade, e fica a pena.

Que maneira tão áspera de pena!
Que nunca uma hora viu tão longa vida
Em que possa do mal mover-se um passo.
Que mais me monta ser morto que vivo?
Para que choro? Enfim, para que falo,
Se lograr-me não pude de meus olhos?

Ó fermosos, gentis e claros olhos,
Cuja ausência me move a tanta pena
Quanta se não compreende enquanto falo!
Se, no fim de tão longa e curta vida,
De vós me inda inflamasse o raio vivo,
Por bem teria tudo quanto passo.

Mas bem sei que primeiro o extremo passo
Me há de vir a cerrar os tristes olhos,
Que Amor me mostre aqueles por que vivo.
Testemunhas serão a tinta e pena,
Que escreverão de tão molesta vida
O menos que passei, e o mais que falo.

Oh! que não sei que escrevo, nem que falo!
Que, se de um pensamento noutro passo,
Vejo tão triste gênero de vida
Que, se lhe não valerem tanto os olhos,
Não posso imaginar qual seja a pena
Que traslade esta pena com que vivo.

**17**

Na alma tenho contínuo um fogo vivo,
Que, se não respirasse no que falo,
Estaria já feita cinza a pena;
Mas, sobre a maior dor que sofro e passo
Me temperam as lágrimas dos olhos;
Com que, fugindo, não se acaba a vida.

Morrendo estou na vida, e em morte vivo;
Vejo sem olhos, e sem língua falo;
E juntamente passo glória e pena[1].

---

1. Observe a complexibilidade formal dessa sextina. As palavras finais de cada verso aparecem em todas as sextinas (estrofes de seis versos), mas em ordem alterada: abcdef / faebdc / cfdabe / ecbfad / deacfb / bdfeca. Na última estrofe (um terceto), as seis palavras estão assim distribuídas: três em posição final (*vivo*, *falo*, *pena*) e três no interior dos versos (*vida*, *olhos*, *passo*). Note, ainda, que o poeta utilizou-se das várias possibilidades de sentido dos termos, empregando-os ora como substantivos, ora como adjetivos, ora como verbos.

## *POESIA ÉPICA*

Com a obra *Os lusíadas*, a poesia épica do Renascimento atingiu seu ponto mais alto.

As conquistas ultramarinas, as viagens "por mares nunca dantes navegados", a descoberta de novas terras — toda essa nova dimensão da vida humana pedia ao Renascimento uma expressão poética à altura. Além disso, os feitos dos navegadores renascentistas permitiam a comparação com as façanhas dos lendários heróis dos poemas de Homero (*Odisseia* e *Ilíada*) e de Virgílio (*Eneida*). Os renascentistas tinham, assim, a oportunidade de usar os modelos clássicos para cantar os feitos de seu tempo, que levavam ainda uma vantagem sobre os antigos: não eram fictícios, mas reais.

Influenciado pelo clima intelectual favorável e pela leitura dos escritores antigos, contando ainda com a experiência adquirida nas expedições marítimas e guerreiras de que participou, Camões acabou realizando, graças a seu talento, a maior epopeia portuguesa e renascentista, *Os lusíadas*, publicada em 1572.

Além de realizar literariamente as aspirações do Renascimento com a exaltação do poder humano, *Os lusíadas* representam sobretudo a glorificação dos feitos heroicos portugueses, desde a formação da nacionalidade. É, pois, uma obra de ampla ressonância coletiva, cujo herói é, na verdade, o "ilustre peito lusitano", representado, na visão camoniana, pelos guerreiros nobres que participaram decisivamente das lutas pela afirmação e expansão do reino de Portugal.

Tomando como assunto central a viagem de Vasco da Gama às Índias (1497-1498), Camões coloca o navegador como porta-voz da coletividade e exalta, no poema, a glória das conquistas, os novos reinos formados e o ideal de expansão da fé católica. Mas o entusiasmo patriótico com que Camões inicia o poema não se mantém até o final. Percebendo que o reino glorioso de Portugal já estava se perdendo na ambição desmedida de conquistas e riquezas, o poeta encerra seu canto com uma nota de desânimo, que contrasta com a vibração inicial:

> "Não mais, Musa, não mais, que a Lira tenho
> Destemperada e a voz enrouquecida,
> E não do canto, mas de ver que venho
> Cantar a gente surda e endurecida.
> O favor com que mais se acende o engenho
> Não no dá a pátria, não, que está metida
> No gosto da cobiça e na rudeza
> Duma austera, apagada e vil tristeza."

A influência das epopeias antigas, principalmente a *Eneida*, de Virgílio, é evidente em *Os lusíadas*. O gênero épico clássico exigia a observação de certas convenções, tais como a intervenção de deuses ou outras entidades mitológicas nas ações humanas. Assim, no poema camoniano, Vênus é a deusa protetora dos portugueses, sempre procurando interceder junto a Júpiter para evitar que Baco destrua a frota.

Por outro lado, outro aspecto que diferencia *Os lusíadas* das epopeias clássicas é a presença de episódios líricos sem nenhuma relação direta com o assunto central, que é a viagem de Vasco da Gama; é o que ocorre, por exemplo, no episódio em que se narra o destino trágico de Inês de Castro.

Além disso, é de se notar que Homero e Virgílio focalizavam heróis e aventuras de um tempo mítico, muito distante, enquanto Camões escolhe como assunto fatos historicamente recentes, o que exigia uma postura mais objetiva e *realista* diante da matéria narrada.

O poema é composto de dez cantos; cada canto é formado por estrofes de oito versos, que têm o seguinte esquema de rimas: abababcc. Todos os versos são decassílabos, isto é, possuem dez sílabas poéticas.

Seguindo o modelo clássico, o poema apresenta cinco partes:

1.a) Proposição — em que o poeta anuncia o assunto a ser desenvolvido.

2.a) Invocação — em que o poeta pede inspiração às musas (no caso, as ninfas do rio Tejo, as Tágides).

3.a) Dedicatória — o oferecimento do poema a D. Sebastião.

4.a) Narração — onde são narradas as ações, constituindo a maior parte do poema.

5.a) Epílogo — o fecho da ação.

# Os Lusíadas

## Canto I

As armas e os barões assinalados
Que, da Ocidental praia Lusitana,
Por mares nunca dantes navegados
Passaram ainda além da Taprobana[1],
E em perigos e guerras esforçados,
Mais do que prometia a força humana,
Entre gente remota edificaram
Novo Reino, que tanto sublimaram;

E também as memórias gloriosas
Daqueles Reis que foram dilatando
A Fé, o Império, e as terras viciosas
De África e de Ásia andaram devastando,
E aqueles que por obras valerosas
Se vão da lei da Morte libertando:
Cantando espalharei por toda parte,
Se a tanto me ajudar o engenho e arte.

Cessem do sábio Grego[2] e do Troiano[3]
As navegações grandes que fizeram;
Cale-se de Alexandre[4] e de Trajano[5]
A fama das vitórias que tiveram;
Que eu canto o peito ilustre Lusitano,
A quem Netuno[6] e Marte[7] obedeceram.
Cesse tudo o que a Musa[8] antiga canta,
Que outro valor mais alto se alevanta.

---

1. Taprobana: ilha do Oceano Índico, chamada mais tarde Ceilão, e, hoje, Sri-Lanka; 2. Sábio Grego: referência a Ulisses, herói do poema *Odisseia*, de Homero; 3. Troiano: referência a Eneias, herói do poema *Eneida*, de Virgílio; 4. Alexandre: Alexandre Magno (356-323 a.C.), rei da Macedônia; 5. Trajano: imperador romano (53-117); 6. Netuno: deus dos mares; 7. Marte: deus da guerra; 8. Musa: entidade da mitologia grega que presidia às artes.

# Canto III

[Episódio de Inês de Castro][1]
..............................................

Passada esta tão próspera vitória,
Tornado Afonso à lusitana terra,
A se lograr da paz com tanta glória
Quanta soube ganhar na dura guerra,
O caso triste e digno da memória,
Que do sepulcro os homens desenterra,
Aconteceu da mísera e mesquinha[2]
Que depois de ser morta foi rainha.

Tu, só tu, puro amor, com força crua[3],
Que os corações humanos tanto obriga,
Deste causa à molesta morte sua,
Como se fora pérfida inimiga.
Se dizem, fero[4] Amor, que a sede tua
Nem com lágrimas tristes se mitiga,
É porque queres, áspero e tirano,
Tuas aras banhar em sangue humano.

Estavas, linda Inês, posta em sossego,
De teus anos colhendo doce fruito,
Naquele engano da alma, ledo e cego,
Que a fortuna não deixa durar muito,
Nos saudosos campos do Mondego[5],
De teus formosos olhos nunca enxuito,
Aos montes ensinando e às ervinhas
O nome[6] que no peito escrito tinhas.

---

1. O assassinato de Inês de Castro, em 1355, tornou-se tema célebre na literatura portuguesa. Embora casado com Dona Constança, o príncipe D. Pedro apaixonou-se pela dama castelhana Inês de Castro, com quem teve filhos. Em Portugal, temia-se que essa ligação de D. Pedro pudesse afastar do trono o sucessor legal, D. Fernando, aumentando ainda mais a influência de Castela. Aproveitando uma ausência do príncipe, os nobres pressionaram seu pai, D. Afonso IV, a concordar com o assassinato de Inês, alegando fortes razões políticas; 2. infeliz; 3. cruel; 4. impiedoso, cruel; 5. Mondego: rio que banha Coimbra, onde vivia Inês; 6. alusão a D. Pedro.

Do teu Príncipe ali te respondiam
As lembranças que na alma lhe moravam,
Que sempre ante seus olhos te traziam,
Quando dos teus fermosos se apartavam;
De noite, em doces sonhos que mentiam,
De dia, em pensamentos que voavam.
E quanto, enfim, cuidava e quanto via
Eram tudo memórias de alegria.

De outras belas senhoras e princesas
Os desejados tálamos[1] enjeita,
Que tudo, enfim, tu, puro amor, desprezas
Quando um gesto suave te sujeita.
Vendo estas namoradas estranhezas[2],
O velho pai sisudo, que respeita
O murmurar do povo e a fantasia
Do filho, que casar-se não queria[3],

Tirar Inês ao mundo determina,
Por lhe tirar o filho que tem preso,
Crendo co'o sangue só da morte indigna
Matar do firme amor o fogo aceso.
Que furor consentiu que a espada fina
Que pôde sustentar o grande peso
Do furor mauro[4], fosse alevantada
Contra uma fraca dama delicada?

Traziam-na os horríficos algozes
Ante o Rei, já movido a piedade;
Mas o povo, com falsas e ferozes
Razões, à morte crua o persuade.
Ela, com tristes e piedosas vozes,
Saídas só da mágoa e saudade
Do seu Príncipe e filhos, que deixava,
Que mais que a própria morte a magoava,

---

1. núpcias (no sentido de casamento); 2. estranhezas de namorado; 3. D. Pedro sabia das complicações políticas que seu casamento com Inês provocaria; por isso, não planejava contrair matrimônio com mais ninguém; 4. árabe.

Para o céu cristalino alevantando,
Com lágrimas, os olhos piedosos
(Os olhos, porque as mãos lhe estava atando
Um dos duros ministros rigorosos);
E depois nos meninos atentando,
Que tão queridos tinha e tão mimosos,
Cuja orfandade como mãe temia,
Para o avô cruel assim dizia:

"Se já nas brutas feras, cuja mente
Natura[1] fez cruel de nascimento,
E nas aves agrestes, que somente
Nas rapinas aéreas têm o intento,
Com pequenas crianças viu a gente
Terem tão piedoso sentimento
Como coa mãe de Nino[2] já mostraram,
E cos irmãos que Roma edificaram[3],

Ó tu, que tens de humano o gesto e o peito[4]
(Se de humano é matar uma donzela[5],
Fraca e sem força, só por ter sujeito
O coração a quem soube vencê-la),
A estas criancinhas[6] tem respeito,
Pois o não tens à morte escura dela;
Mova-te a piedade sua e minha,
Pois te não move a culpa que não tinha.

E se, vencendo a maura resistência,
A morte sabes dar com fogo e ferro,
Sabe também dar vida, com clemência,
A quem para perdê-la não fez erro.
Mas, se to assim merece esta inocência,
Põe-me em perpétuo e mísero desterro,
Na Cítia[7] fria ou lá na Líbia ardente,
Onde em lágrimas viva eternamente.

---

1. natureza; 2. A mãe de Nino é Semíramis, rainha da Assíria. Segundo a lenda, ela fora abandonada numa floresta, mas as aves a alimentaram e a criaram; 3. Irmãos que Roma edificaram: referência aos irmãos Rômulo e Remo, que, segundo a lenda, foram os fundadores de Roma; 4. as feições e o coração; 5. jovem casada ou solteira; 6. Alusão aos filhos que Inês tivera de D. Pedro; 7. Cítia (no norte da Europa) e Líbia (no norte da África) são regiões que representam pontos extremos de frio e calor.

Põe-me onde se use toda a feridade[1],
Entre leões e tigres, e verei
Se neles achar posso a piedade
Que entre peitos humanos não achei.
Ali, com amor intrínseco[2] e vontade
Naquele por quem morro, criarei
Estas relíquias suas que aqui viste, .
Que refrigério sejam da mãe triste".


Queria perdoar-lhe o Rei benino[3],
Movido das palavras que o magoam;
Mas o pertinaz povo e seu destino
(Que desta sorte o quis) lhe não perdoam.
Arrancam das espadas de aço fino
Os que por bom tal feito ali apregoam.
Contra uma dama, ó peitos carniceiros,
Feros vos amostrais, e cavaleiros?


Qual contra a linda moça Policena,
Consolação extrema da mãe velha,
Porque a sombra de Aquiles[4] a condena,
Co'o ferro o duro Pirro se aparelha;
Mas ela, os olhos com que o ar serena
(Bem como paciente e mansa ovelha)
Na mísera mãe postos, que endoidece,
Ao duro sacrifício se oferece:


Tais contra Inês os brutos matadores,
No colo de alabastro, que sustinha
As obras com que Amor matou de amores
Aquele[5] que depois a fez rainha,
As espadas banhando[6], e as brancas flores,
Que ela dos olhos seus regadas tinha,
Se encarniçavam, férvidos e irosos,
No futuro castigo não cuidosos.

---

1. ferocidade; 2. profundo; 3. benigno; 4. Camões refere-se a uma passagem do poema *Ilíada*, de Homero. Policena era filha de Príamo, rei dos troianos, que estavam em guerra contra os gregos. Aquiles, o grande guerreiro grego, apaixonou-se por ela e foi correspondido. Quando iam casar-se às escondidas, Aquiles foi morto por Páris, irmão de Policena. Isso provocou a fúria de Pirro, filho de Aquiles, que sacrificou Policena para vingar a morte do pai. A mãe da jovem estava presente e enlouqueceu ao ver a filha morrer. Camões compara Inês a Policena; 5. Alusão a D. Pedro, que, ao tornar-se rei, trasladou o cadáver de Inês para o mosteiro de Alcobaça, com honras de rainha; 6. introduzindo.

Bem puderas, ó Sol, da vista destes,
Teus raios apartar aquele dia,
Como da seva[1] mesa de Tiestes[2],
Quando os filhos por mão de Atreu comia.
Vós, ó côncavos vales, que pudestes
A voz extrema ouvir da boca fria,
O nome do seu Pedro, que lhe ouvistes,
Por muito grande espaço repetistes.

Assim como a bonina que cortada
Antes do tempo foi, cândida e bela,
Sendo das mãos lascivas maltratada
Da menina que a trouxe na capela,
O cheiro traz perdido e a cor murchada:
Tal está, morta, a pálida donzela,
Secas do rosto as rosas e perdida
A branca e viva cor, coa doce vida.

As filhas do Mondego a morte escura
Longo tempo chorando memoraram,
E, por memória eterna, em fonte pura
As lágrimas choradas transformaram.
O nome lhe puseram, que inda dura,
Dos amores de Inês, que ali passaram.
Vede que fresca fonte rega as flores,
Que lágrimas são a água e o nome Amores.
............................................................

---

1. atroz, horrível; 2. Segundo a lenda, Atreu, rei de Micenas, querendo vingar-se do próprio irmão, Tiestes, mandou matar os dois filhos deste. Depois, preparou uma refeição com a carne dos sobrinhos e serviu-a ao irmão, que de nada sabia. O Sol, horrorizado com o crime, escondeu sua luz. Atreu foi levado a isso porque dois jovens eram frutos do adultério de sua esposa com Tiestes.

# Canto IV

[O Velho do Restelo][1]
....................................................

Mas um velho, de aspeito[2] venerando,
Que ficava nas praias, entre a gente,
Postos em nós os olhos, meneando
Três vezes a cabeça, descontente,
A voz pesada um pouco alevantando,
Que nós no mar ouvimos claramente,
C'um[3] saber só de experiências feito,
Tais palavras tirou do experto peito[4]:

Ó glória de mandar, ó vã cobiça
Desta vaidade a quem chamamos Fama!
Ó fraudulento gosto, que se atiça
C'uma aura popular, que honra se chama!
Que castigo tamanho e que justiça
Fazes no peito vão que muito te ama!
Que mortes, que perigos, que tormentas,
Que crueldades neles exprimentas!

Dura inquietação d'alma e da vida,
Fonte de desamparos e adultérios,
Sagaz consumidora conhecida
De fazendas, de reinos e de impérios:
Chamam-te ilustre, chamam-te subida,
Sendo digna de infames vitupérios;
Chamam-te Fama e Glória soberana,
Nomes com quem se o povo néscio engana.

---

1. Restelo: nome da praia em Lisboa de onde partiam as expedições. Um grande número de pessoas observava os preparativos do embarque. Camões fala da emoção da partida, das despedidas chorosas de amigos e parentes dos marinheiros, que tinham consciência dos muitos perigos dessa viagem oceânica. Um homem velho, que estava na praia, começa a falar aos que vão partir; 2. aspecto; 3. Com um; 4. experiente coração.

A que novos desastres determinas
De levar estes Reinos e esta gente?
Que perigos, que mortes lhe destinas,
Debaixo dalgum nome preeminente?
Que promessas de reinos e de minas
De ouro, que lhe farás tão facilmente?
Que famas lhe prometerás? Que histórias?
Que triunfos? Que palmas? Que vitórias?

Mas, ó tu, geração daquele insano[1]
Cujo pecado e desobediência
Não somente do Reino soberano[2]
Te pôs neste desterro e triste ausência,
Mas inda doutro estado, mais que humano,
Da quieta e da simples inocência,
Idade de ouro[3], tanto te privou,
Que na de ferro e de armas te deitou:

Já que nesta gostosa vaidade
Tanto enlevas a leve fantasia,
Já que à bruta crueza e feridade
Puseste nome esforço e valentia,
Já que prezas em tanta quantidade
O desprezo da vida, que devia
De ser sempre estimada, pois que já
Temeu tanto perdê-la Quem[4] a dá,

Não tens junto contigo o Ismaelita[5],
Com quem sempre terás guerras sobejas?
Não segue ele do Arábio a lei maldita[6],
Se tu pela de Cristo só pelejas?
Não tem cidades mil, terra infinita,
Se terras e riquezas mais desejas?
Não é ele[7] por armas esforçado,
Se queres por vitórias ser louvado?

---

1. Daquele insano: referência a Adão; 2. Reino soberano: paraíso; 3. Idade de ouro: tempo de felicidade e inocência que teria havido no mundo, em oposição à Idade de ferro, que representa o tempo de guerras, dores e sofrimentos; 4. Quem: referência a Cristo, que, embora fonte de vida, também temeu a hora da morte; 5. alusão aos árabes; 6. alusão ao islamismo; 7. alusão ao ismaelita.

Deixas criar às portas o inimigo,
Por[1] ires buscar outro de tão longe,
Por quem se despovoe o Reino antigo,
Se enfraqueça e se vá deitando a longe[2];
Buscas o incerto e incógnito perigo
Por que[3] a Fama te exalte e te lisonje
Chamando-te senhor, com larga cópia,
Da Índia, Pérsia, Arábia e da Etiópia[4].

Oh! Maldito o primeiro que, no mundo,
Nas ondas vela pôs em seco lenho[5]!
Digno da eterna pena do Profundo[6],
Se é justa a justa Lei que sigo e tenho!
Nunca juízo algum alto e profundo,
Nem cítara sonora ou vivo engenho,
Te dê por isso fama nem memória.
Mas contigo se acabe o nome e glória!

Trouxe o filho de Jápeto[7] do Céu
O fogo que ajuntou ao peito humano,
Fogo que o mundo em armas acendeu,
Em mortes, em desonras (grande engano).
Quanto melhor nos fora, Prometeu,
E quanto para o mundo menos dano,
Que a tua estátua ilustre[8] não tivera
Fogo de altos desejos que a movera!

---

1. para; 2. pondo a perder; 3. para que. 4. África; 5. navio; 6. Profundo: Inferno; 7. O filho de Jápeto: referência a Prometeu, que, por revelar as artes aos seres humanos, trazendo-lhes o progresso, provocou a ira de Júpiter, que mandou acorrentá-lo a um rochedo; 8. Estátua ilustre: referência ao ser humano, vivificado pelo fogo trazido por Prometeu.

## Canto V

[Gigante Adamastor][1]

Porém já cinco sóis[2] eram passados
Que dali nos partíramos, cortando
Os mares nunca de outrem navegados,
Prosperamente os ventos assoprando,
Quando uma noite, estando descuidados
Na cortadora proa vigiando,
Uma nuvem, que os ares escurece,
Sobre nossas cabeças aparece.

Tão temerosa vinha e carregada,
Que pôs nos corações um grande medo;
Bramindo, o negro mar de longe brada,
Como se desse em vão nalgum rochedo.
"Ó Potestade (disse) sublimada:
Que ameaço divino ou que segredo
Este clima e este mar nos apresenta,
Que mor cousa parece que tormenta?"

Não acabava, quando uma figura
Se nos mostra no ar, robusta e válida[3],
De disforme e grandíssima estatura;
O rosto carregado, a barba esquálida,
Os olhos encovados, e a postura
Medonha e má e a cor terrena e pálida;
Cheios de terra e crespos os cabelos,
A boca negra, os dentes amarelos.

---

1. Através da figura do gigante Adamastor, que representa o Cabo das Tormentas (mais tarde chamado Cabo da Boa Esperança). Camões fala dos perigos que os portugueses enfrentariam nas agitadas águas do sul da África; 2. sóis: dias; 3. forte.

Tão grande era de membros, que bem posso
Certificar-te que este era o segundo
De Rodes estranhíssimo Colosso[1],
Que um dos sete milagres foi do mundo.
Cum tom de voz nos fala, horrendo e grosso,
Que pareceu sair do mar profundo.
Arrepiam-se as carnes e o cabelo,
A mim e a todos, só de ouvi-lo e vê-lo.

E disse: "Ó gente ousada, mais que quantas
No mundo cometeram grandes cousas,
Tu, que por guerras cruas, tais e tantas,
E por trabalhos vãos nunca repousas,
Pois os vedados términos[2] quebrantas
E navegar meus longos mares ousas,
Que eu tanto tempo há já que guardo e tenho,
Nunca arados de estranho ou próprio lenho;

Pois vens ver os segredos escondidos
Da natureza e do úmido elemento,
A nenhum grande humano concedidos
De nobre ou de imortal merecimento,
Ouve os danos de mim que apercebidos
Estão a teu sobejo atrevimento,
Por todo o largo mar e pela terra
Que inda hás de subjugar com dura guerra.

Sabe que quantas naus esta viagem
Que tu fazes, fizerem, de atrevidas,
Inimiga terão esta paragem,
Com ventos e tormentas desmedidas!
E da primeira armada, que passagem
Fizer por estas ondas insofridas,
Eu farei de improviso tal castigo,
Que seja mor o dano que o perigo!

---

1. O Colosso de Rodes, uma enorme estátua de Apolo que havia no posto de Rodes, considerada uma das sete maravilhas do mundo; 2. confins, limites (do mundo).

Aqui espero tomar, se não me engano,
De quem me descobriu suma vingança,
E não se acabará só nisto o dano
De vossa pertinace confiança:
Antes, em vossas naus vereis, cada ano,
Se é verdade o que meu juízo alcança,
Naufrágios, perdições de toda sorte,
Que o menor mal de todos seja a morte!

...............................................

# *BOCAGE*

Ó retrato da morte, ó noite amiga
Por cuja escuridão suspiro há tanto!
Calada testemunha de meu pranto,
De meus desgostos secretária antiga!

Pois manda Amor que a ti somente os diga,
Dá-lhes pio agasalho no teu manto;
Ouve-os, como costumas, ouve, enquanto
Dorme a cruel, que a delirar obriga.

E vós, ó cortesãs da escuridade,
Fantasmas vagos, mochos piadores,
Inimigos, como eu, da claridade!

Em bandos acudi aos meus clamores;
Quero a vossa medonha sociedade,
Quero fartar meu coração de horrores[1].

..........

Olha, Marília, as flautas dos pastores
Que bem que soam, como estão cadentes!
Olha o Tejo a sorrir-se! Olha, não sentes
Os Zéfiros[2] brincar por entre flores?

Vê como ali beijando-se os Amores
Incitam nossos ósculos ardentes!
Ei-las de planta em planta as inocentes,
As vagas borboletas de mil cores.

Naquele arbusto o rouxinol suspira,
Ora nas folhas a abelhinha para,
Ora nos ares sussurrando gira.

Que alegre campo! Que manhã tão clara!
Mas ah! Tudo o que vês, se eu te não vira,
Mais tristeza que a morte me causara[3].

..........

---

1. A noite como refúgio do poeta sofredor é uma das características pré-românticas desse soneto; 2. Zéfiro: vento brando e agradável; 3. Note-se a descrição da natureza segundo a visão do Arcadismo.

Já Bocage não sou!... À cova escura
Meu estro[1] vai parar desfeito em vento...
Eu aos Céus ultrajei! O meu tormento
Leve me torne sempre a terra dura.

Conheço agora já quão vã figura
Em prosa e verso fez meu louco intento.
Musa! tivera algum merecimento
Se um raio da razão seguisse pura!

Eu me arrependo; a língua quase fria
Brade em alto pregão à mocidade,
Que atrás do som fantástico corria.

Outro Aretino[2] fui... A santidade
Manchei! Oh! se me creste, gente ímpia,
Rasga meus versos, crê na eternidade!

............

Chorosos versos meus desentoados,
Sem arte, sem beleza, e sem brandura,
Urdidos pela mão da desventura,
Pela baça tristeza envenenados:

Vede a luz, não busqueis, desesperados,
No mundo esquecimento e sepultura;
Se os ditosos vos lerem sem ternura,
Ler-vos-ão com ternura os desgraçados.

Não vos inspire, ó versos, cobardia,
Da sátira mordaz o furor louco,
Da maldizente voz a tirania:

Desculpa tendes, se valeis tão pouco,
Que não pode cantar com melodia
Um peito, de gemer cansado e rouco.

............

---

1. inspiração; 2. Aretino: Pietro Aretino (1492-1556), escritor satírico italiano.

Importuna Razão, não me persigas;
Cesse a ríspida voz que em vão murmura;
Se a lei de Amor, se a força da ternura
Nem domas, nem contrastas, nem mitigas.

Se acusas os mortais, e os não obrigas,
Se (conhecendo o mal) não dás a cura,
Deixa-me apreciar minha loucura,
Importuna Razão, não me persigas.

É teu fim, teu projeto encher de pejo
Esta alma, frágil vítima daquela
Que, injusta e vária, noutros laços vejo.

Queres que fuja de Marília bela,
Que a maldiga, a desdenhe; e o meu desejo
É carpir, delirar, morrer por ela.

............

Incultas produções da mocidade
Exponho a vossos olhos, ó leitores:
Vede-as com mágoa, vede-as com piedade,
Que elas buscam piedade, e não louvores.

Ponderai da Fortuna a variedade
Nos meus suspiros, lágrimas e amores;
Notai dos males seus a imensidade,
A curta duração de seus favores.

E se entre versos mil de sentimento
Encontrardes alguns, cuja aparência
Indique festival[1] contentamento,

Crede, ó mortais, que foram com violência
Escritos pela mão do Fingimento,
Cantados pela voz da Dependência.

............

---

1. festivo.

Fiei-me nos sorrisos da ventura,
Em mimos feminis, como fui louco!
Vi raiar o prazer, porém, tão pouco
Momentâneo relâmpago não dura;

No meio agora desta selva escura,
Dentro deste penedo úmido e oco,
Pareço, até no tom lúgubre e rouco,
Triste sombra a carpir na sepultura:

Que estância[1] para mim tão própria é esta!
Causais-me um doce e fúnebre transporte,
Áridos matos, lôbrega floresta!

Ah! não me roubou tudo a negra sorte:
Inda tenho este abrigo, inda me resta
O pranto, a queixa, a solidão, e a morte.

..........

Sobre estas duras, cavernosas fragas,
Que o marinho furor vai carcomendo,
Me estão negras paixões na alma fervendo
Como fervem no pego[2] as crespas vagas.

Razão feroz, o coração me indagas,
De meus erros a sombra esclarecendo,
E vás nele (ai de mim!) palpando, e vendo
De agudas ânsias venenosas chagas.

Cego a meus males, surdo a teu reclamo,
Mil objetos de horror co'a ideia eu corro,
Solto gemidos, lágrimas derramo.

Razão, de que me serve o teu socorro?
Mandas-me não amar, eu ardo, eu amo;
Dizes-me que sossegue, eu peno, eu morro[3].

..........

---

1. habitação, morada; 2. abismo (do mar); 3. A luta entre a razão e o sentimento marca o tom pré-romântico desse soneto.

Magro, de olhos azuis, carão moreno,
Bem servido de pés, meão n'altura[1],
Triste de facha[2], o mesmo de figura,
Nariz alto no meio e não pequeno;

Incapaz de assistir num só terreno[3],
Mais propenso ao furor do que à ternura,
Bebendo em níveas mãos por taça escura
De zelos infernais letal veneno;

Devoto incensador de mil deidades[4],
(Digo de moças mil) num só momento
E somente no altar amando os frades;

Eis Bocage, em quem luz algum talento;
Saíram dele mesmo estas verdades
Num dia em que se achou mais pachorrento.

...........

Quem se vê maltratado e combatido
Pelas cruéis angústias da indigência,
Quem sofre de inimigos a violência,
Quem geme de tiranos oprimido:

Quem não pode ultrajado e perseguido
Achar nos céus, ou nos mortais clemência,
Quem chora finalmente a dura ausência
De um bem, que para sempre está perdido:

Folgará de viver, quando não passa
Nem um momento em paz, quando amargura
O coração lhe arranca e despedaça?

Ah! Só deve agradar-lhe a sepultura,
Que a vida para os tristes é desgraça,
A morte para os tristes é ventura.

...........

---

1. altura mediana; 2. rosto; 3. incapaz de fixar-se, de ser constante; 4. divindades.

Meu ser evaporei na lida insana
Do tropel das paixões que me arrastava,
Ah! cego eu cria, ah! mísero eu sonhava
Em mim, quase imortal, a essência humana!

De que inúmeros sóis a mente ufana
A existência falaz me não doirava!
Mas eis sucumbe a natureza escrava
Ao mal, que a vida em sua origem dana.

Prazeres, sócios meus e meus tiranos,
Esta alma, que sedenta em si não coube,
No abismo vos sumiu dos desenganos.

Deus... ó Deus! quando a morte à luz me roube,
Ganhe um momento o que perderam anos,
Saiba morrer o que viver não soube!

*ALMEIDA GARRETT*

# Não te amo

Não te amo, quero-te: o amar vem d'alma.
    E eu n'alma — tenho a calma,
    A calma — do jazigo.
    Ai! não te amo, não.

Não te amo, quero-te: o amor é vida.
    E a vida — nem sentida
    A trago eu já comigo.
    Ai! não te amo, não!

Ai! não te amo, não; e só te quero
    De um querer bruto e fero
    Que o sangue me devora,
    Não chega ao coração.

Não te amo, és bela; e eu não te amo, ó bela.
    Quem ama a aziaga[1] estrela
    Que lhe luz[2] na má hora
    Da sua perdição?

E quero-te, e não te amo, que é forçado,
    De mau feitiço azado
    Este indigno furor.
    Mas oh! não te amo, não.

E infame sou, porque te quero;
    Que de mim tenho espanto,
    De ti medo e terror...
    Mas amar!... não te amo, não.

---

1. agourenta, que traz má sorte; 2. brilha.

## Barca bela

Pescador da barca bela,
Onde vais pescar com ela,
Que é tão bela,
Ó pescador?

Não vês que a última estrela
No céu nublado se vela?
Colhe a vela,
Ó pescador!

Deita o lanço com cautela,
Que a sereia canta bela...
Mas cautela,
Ó pescador!

Não se enrede a rede nela,
Que perdido é remo e vela
Só de vê-la,
Ó pescador!

Pescador da barca bela,
Inda é tempo, foge dela,
Foge dela,
Ó pescador!

# Este inferno de amar

Este inferno de amar — como eu amo! —
Quem mo pôs aqui n'alma... quem foi?
Esta chama que alenta e consome,
Que é a vida — e que a vida destrói —
Como é que se veio a atear,
Quando — ai quando se há de ela apagar?

Eu não sei, não me lembra: o passado,
A outra vida que dantes vivi
Era um sonho talvez... — foi um sonho —
Em que paz tão serena a dormi!
Oh! que doce era aquele sonhar...
Quem me veio, ai de mim! despertar?

Só me lembra que um dia formoso
Eu passei... dava o Sol tanta luz!
E os meus olhos, que vagos giravam,
Em seus olhos ardentes os pus.
Que fez ela? eu que fiz? — Não no sei;
Mas nessa hora a viver comecei...

# Estes sítios!

Olha bem estes sítios queridos,
Vê-os bem neste olhar derradeiro...
Ai! o negro dos montes erguidos,
Ai! o verde do triste pinheiro!
Que saudades que deles teremos...
Que saudade! ai, amor, que saudade!
Pois não sentes, neste ar que bebemos,
No acre cheiro da agreste ramagem,
Estar-se alma a tragar liberdade
E a crescer de inocência e vigor!
Oh! aqui, aqui só se engrinalda
Da pureza da rosa selvagem,
E contente aqui só vive Amor.
O ar queimado das salas lhe escalda
De suas asas o níveo candor,
E na frente arrugada lhe cresta
A inocência infantil do pudor.
E oh! deixar tais delícias como esta!
E trocar este céu de ventura
Pelo inferno da escrava cidade!
Vender alma e razão à impostura,
Ir saudar a mentira em sua corte,
Ajoelhar em seu trono à vaidade,
Ter de rir nas angústias da morte,
Chamar vida ao terror da verdade...
Ai! não, não... nossa vida acabou,
Nossa vida aqui toda ficou.
Diz-lhe adeus neste olhar derradeiro,
Dize à sombra dos montes erguidos,
Dize-o ao verde do triste pinheiro,
Dize-o a todos os sítios queridos
Desta ruda[1], feroz soledade[2]...
Paraíso onde livres vivemos...
Oh! saudades que deles teremos,
Que saudade! ai, amor, que saudade!

---

1. rude; 2. solidão.

# JOÃO DE DEUS

# Tristezas[1]

Na marcha da vida
Que vai a voar
Por essa descida
Caminho do mar,

Caminho da morte
Que me há de arrancar
O grito mais forte
Que eu posso exalar;

O ai da partida
Da pátria, do lar,
Dos meus e da vida,
Da terra e do ar;

Já perto da onda
Que me há de tragar,
Embora se esconda
No fundo do mar;

De noite e de dia
Me alveja no ar
O fumo[2] que eu via
Subir do meu lar!

Que sonhos doirados
Me estão a lembrar!
Mas tempos passados
Não podem voltar!

Carreira da vida,
Que vás a voar
Por esta descida,
Vai mais devagar;

Que eu vou deste mundo,
Talvez, descansar,
E nunca do fundo
Dos mares voltar!...

............

1. Note a musicalidade dos versos de João de Deus, neste e nos demais poemas; 2. fumaça.

# ?

Não sei o que há de vago,
De incoercível[1], puro,
No voo em que divago
À tua busca, amor!
No voo em que procuro
O bálsamo, o aroma,
Que se uma forma toma
É de impalpável flor!

Oh como te eu aspiro
Na ventania agreste!
Oh como te eu admiro
Nas solidões do mar!
Quando o azul celeste
Descansa nessas águas,
Como nas minhas mágoas
Descansa o teu olhar!

Que plácida harmonia
Então a pouco e pouco
Me eleva a fantasia
A novas regiões...
Dando-me ao uivo rouco
Do mar nessas cavernas
O timbre das mais ternas
E pias[2] orações!

Parece-me este mundo
Todo um imenso templo!
O mar já não tem fundo
E não tem fundo o céu!
E em tudo o que contemplo,
O que diviso em tudo,
És tu... esse olhar mudo...
O mundo és tu... e eu!

---

1. que não se pode reprimir; 2. piedosas.

# Amores, amores...[1]

Não sou eu tão tola,
Que caia em casar;
Mulher não é rola,
Que tenha um só par:
    Eu tenho um moreno,
Tenho um de outra cor,
Tenho um mais pequeno,
Tenho outro maior.

Que mal faz um beijo,
Se apenas o dou,
Desfaz-se-me o pejo,
E o gosto ficou?
    Um deles[2] por graça
Deu-me um, e depois,
Gostei da chalaça,
Paguei-lhe com dois.

Abraços, abraços,
Que mal nos farão?
Se Deus me deu braços,
Foi essa a razão:
    Um dia que o alto
Me vinha abraçar,
Fiquei-lhe de um salto
Suspensa no ar.

Vivendo e gozando,
Que a morte é fatal,
E a rosa em murchando
Não vale um real:
    Eu sou muito amada,
E há muito que sei
Que Deus não fez nada
Sem ser para quê.

---

1. Observe que este poema é uma espécie de recriação da cantiga de amigo trovadoresca. O poeta dá voz à mulher, que fala de modo franco e malicioso sobre os prazeres amorosos; 2. um dos namorados.

Amores, amores,
Deixá-los dizer;
Se Deus me deu flores,
Foi para as colher:
Eu tenho um moreno,
Tenho um de outra cor,
Tenho um mais pequeno,
Tenho outro maior.

...........

## A vida[1]

Foi-se-me pouco a pouco amortecendo
A luz que nesta vida me guiava,
Olhos fitos na qual até contava
Ir os degraus do túmulo descendo.

Em se ela enuviando, em a não vendo,
Já se me à luz de tudo anuviava
Despontava ela apenas, despontava
Logo em minha alma a luz que ia perdendo.

Alma gêmea da minha, e ingênua e pura
Como os anjos do céu (se o não sonharam...)
Quis mostrar-me que o bem bem pouco dura!

Não sei se me vou, se ma levaram;
Nem saiba eu nunca a minha desventura
Contar aos que inda em vida não choraram...

Ah! quando no seu colo reclinado,
Colo mais puro e cândido que arminho,
Como abelha na flor do rosmaninho
Osculava seu lábio perfumado;

---

1. Esta elegia, considerada o melhor poema de João de Deus, é um bom exemplo da versatilidade do poeta, que, para expressar diferentes sentimentos, soube utilizar habilmente a diversidade de ritmos. A morte da mulher amada faz o poeta refletir sobre a fugacidade do amor, sobre a vida e sobre o destino.

Quando à luz dos seus olhos (que era vê-los,
E enfeitiçar-se a alma em graça tanta!)
Lia na sua boca a Bíblia santa
Escrita em letra cor dos seus cabelos;

Quando a sua mãozinha pondo um dedo
Em seus lábios de rosa pouco aberta,
Como tímida pomba sempre alerta,
Me impunha ora silêncio, ora segredo;

Quando, como a alvéola, delicada
E linda como a flor que haja mais linda,
Passava como cisne, ou como ainda
Antes do sol raiar nuvem dourada;

Quando em bálsamo de alma piedosa
Ungia as mãos da súplice indigência,
Como a nuvem nas mãos da Providência
Uma lágrima estila em flor sequiosa;

Quando a cruz do colar do seu peseoço
Estendendo-me os braços, como estende
O símbolo de amor que as almas prende,
Me dizia... o que às mais dizer não ouço;

Quando, se negra nuvem me espalhava
Por sobre o coração algum desgosto,
Conchegando-me ao seu cândido rosto
No perfume de um riso a dissipava;

Quando o oiro da trança aos ventos dando
E a neve de seu colo e seu vestido,
Pomba que do seu par se ia perdido,
Já de longe lhe ouvia o peito arfando;

54

Quando o anel da boca luzidia,
Vermelha como a rosa cheia de água,
Em beijos à saudade abrindo a mágoa,
Mil rosas pela face me esparzia;

Tinha o céu da minha alma as sete cores,
Valia-me este mundo um paraíso,
Desfilava-me a alma um doce riso,
Debaixo de meus pés brotavam flores!

Deus era inda meu pai, e enquanto pude
Li o seu nome em tudo quanto existe,
No campo em flor, na praia árida e triste,
No céu, no mar, na terra e... na virtude!

> Virtude! Que é mais que um nome
> Essa voz que em ar se esvai,
> Se um riso que ao lábio assome
> Numa lágrima nos cai!

> Que és, virtude, se de luto
> Nos vestes o coração?
> És a blasfêmia de Bruto:
> Não és mais que um nome vão!

> Abre a flor à luz, que a enleva,
> Seu cálix cheio de amor,
> E o sol nasce, passa e leva
> Consigo perfume e flor?

> Que é desses cabelos de oiro
> Do mais subido quilate,
> Desses lábios escarlate,
> Meu tesouro!

Que é desse hálito que ainda
O coração me perfuma!
Que é desse colo de espuma,
Pomba linda!

Que é duma flor da grinalda
Dos teus doirados cabelos!
Desses olhos, quero vê-los,
Esmeralda!

Que é dessa franja comprida
Daquele xale mais leve
Do que a nuvem cor de neve,
Margarida!

Que é dessa alma que me deste,
Dum sorriso, um só que fosse,
Da tua boca tão doce,
Flor celeste!

Tua cabeça que é dela,
A tua cabeça de ouro,
Minha pomba! meu tesouro!
Minha estrela!

De dia a estrela de alva empalidece;
E a luz do dia eterno te há ferido!
Em teu lânguido olhar adormecido
Nunca me um dia em vida amanhecesse!

Foste a concha da praia! A flor parece
Mais ditosa que tu! Quem te há partido,
Meu cálix de cristal onde hei bebido
Os néctares do céu... se um céu houvesse!

Fonte pura das lágrimas que choro,
Quem tão menina e moça desmanchado
Te há pelas nuvens os cabelos de oiro!

Some-te, vela de baixel quebrado!
Some-te, voa, apaga-te, meteoro!
É só mais neste mundo um desgraçado!

E as desgraças podia prevê-las
Quem a terra sustenta no ar,
Quem sustenta no ar as estrelas,
Quem levanta às estrelas o mar.

Deus podia prever a desgraça,
Deus podia prever e não quis!
E não quis, não... se a nuvem que passa
Também pode chamar-se infeliz!

A vida é o dia de hoje,
A vida é ai que mal soa,
A vida é sombra que foge,
A vida é nuvem que voa;
A vida é sonho tão leve
Que se desfaz como a neve
E como o fumo se esvai!
A vida dura um momento,
Mais leve que o pensamento,
A vida leva-a o vento,
A vida é folha que cai!

**57**

A vida é flor na corrente,
A vida é sopro suave,
A vida é estrela cadente,
Voa mais leve que a ave;
Nuvem que o vento nos ares,
Onda que o vento nos mares,
Uma após outra lançou,
A vida — pena caída
Da asa de ave ferida —
De vale em vale impelida,
A vida o vento a levou!

Como em sonhos o anjo que me afaga
Leva na trança os lírios que lhe pus,
E a luz quando se apaga
Leva aos olhos a luz!

Levou sim, como a folha que desprende
De uma flor delicada o vento sul,
E a estrela que se estende
Nessa abóbada azul;

Como os ávidos olhos de um amante
Levam consigo a luz de um terno olhar,
E o vento do levante
Leva a onda do mar!

Como o tenro filhinho quando expira
Leva o beijo dos lábios maternais.
E à alma que suspira
O vento leva os ais!

Ou como leva ao colo a mãe seu filho,
E as asas leva a pomba que voou,
E o sol leva o seu brilho...
O vento ma levou!

58

E Deus, tu és piedoso,
Senhor! és Deus e pai!
E ao filho desditoso
Não ouves pois um ai!
Estrelas deste aos ares,
Dás pérolas aos mares,
Ao campo dás a flor,
Frescura dás às fontes,
O lírio dás aos montes,
E roubas-ma, Senhor!

Ah! quando numa vista o mundo abranjo,
Estendo os braços e, palpando o mundo,
O céu, a terra e o mar vejo a meus pés,
Buscando em vão a imagem do meu anjo,
Soletro à froixa luz de um moribundo
        Em tudo só: Talvez!...

Talvez! — é hoje a Bíblia, o livro aberto
Que eu só ponho ante mim nas rochas quando
Vou pelo mundo ver se a posso ver;
E onde, como a palmeira do deserto,
Apenas vejo aos pés inquieta ondeando
        A sombra do meu ser!

Meu ser... voou na asa da águia negra
Que, levando-a, só não levou consigo
        Desta alma aquele amor!
E quando a luz do sol o mundo alegra,
Crisálida noturna a sós comigo
        Abraço a minha dor!

Dor inútil! Se a flor que ao céu envia
Seus bálsamos se esfolha, e tu no espaço
Achas depois seus átomos sutis,
Inda hás de ouvir a voz que ouviste um dia...
Como a sua Leonor inda ouve o Tasso[1]...
     Dante[2], a sua Beatriz!


— Nunca! responde a folha que o outono,
Da haste que a sustinha a mão abrindo,
     Ao vento confiou;
— Nunca! responde a campa onde do sono
Quem talvez sonhava um sonho lindo,
     Um dia despertou!


— Nunca! responde o ai que o lábio vibra;
— Nunca! responde a rosa que na face
     Um dia emurcheceu.
E a onda que um momento se equilibra
Enquanto diz às mais: Deixai que eu passe!
     E passou e... morreu!

---

1. Tasso: Torquato Tasso (1544-1595), poeta italiano; 2. Dante: Dante Alighieri (1265-1321), poeta italiano.

# ANTERO DE QUENTAL

# A um poeta

Tu, que dormes, espírito sereno,
Posto à sombra dos cedros seculares,
Como um levita à sombra dos altares,
Longe da luta e do fragor terreno,

Acorda! é tempo! O sol, já alto e pleno,
Afugentou as larvas tumulares...
Para surgir do seio desses mares,
Um mundo novo espera só um aceno...

Escuta! é a grande voz das multidões!
São teus irmãos, que se erguem! são canções...
Mas de guerra... e são vozes de rebate!

Ergue-te, pois, soldado do Futuro,
E dos raios de luz do sonho puro,
Sonhador, faze espada de combate!

# Com os mortos

Os que amei, onde estão? idos, dispersos,
Arrastados no giro dos tufões,
Levados, como em sonho, entre visões,
Na fuga, no ruir dos universos...

E eu mesmo, com os pés também imersos
Na corrente e à mercê dos turbilhões,
Só vejo espuma lívida, em cachões,
E entre ela, aqui e ali, vultos submersos...

Mas se paro um momento, se consigo
Fechar os olhos, sinto-os a meu lado
De novo, esses que amei: vivem comigo,

Vejo-os, ouço-os e ouvem-me também.
Juntos no antigo amor, no amor sagrado,
Na comunhão ideal do eterno Bem.

## Hino à razão

Razão, irmã do Amor e da Justiça,
Mais uma vez escuta a minha prece.
É a voz de um coração que te apetece,
Duma alma livre, só a ti submissa.

Por ti é que a poeira movediça
De astros e sóis e mundos permanece;
E é por ti que a virtude prevalece,
E a flor do heroísmo medra e viça.

Por ti, na arena trágica, as nações
Buscam a liberdade, entre clarões;
E os que olham o futuro e cismam, mudos,

Por ti, podem sofrer e não se abatem,
Mãe de filhos robustos, que combatem
Tendo o teu nome escrito em seus escudos!

## Mais luz!

Amem a noite os magros crapulosos,
E os que sonham com virgens impossíveis,
E os que se inclinam, mudos e impassíveis
À borda dos abismos silenciosos...

Tu, Lua, com teus raios vaporosos,
Cobre-os, tapa-os e torna-os insensíveis,
Tanto aos vícios cruéis e inextinguíveis,
Como aos longos cuidados dolorosos!

Eu amarei a santa madrugada,
E o meio-dia, em vida refervendo,
E a tarde rumorosa e repousada.

Viva e trabalhe em plena luz: depois,
Seja-me dado ainda ver, morrendo,
O claro Sol, amigo dos heróis!

## Na capela

Na capela, perdida entre a folhagem,
O Cristo, lá no fundo, agonizava...
Oh! como intimamente se casava
Com minha dor a dor daquela imagem!

Filhos ambos do amor, igual miragem
Nos roçou pela fronte, que escaldava...
Igual traição, que o afeto mascarava,
Nos deu suplício às mãos da vilanagem...

E agora, ali, enquanto da floresta
A sombra se infiltrava lenta e mesta,
Vencidos ambos, mártires do Fado,

Fitávamo-nos mudos — dor igual! —
Nem, dos dois, saberei dizer-vos qual
Mais plácido, mais triste, mais cansado...

## O palácio da Ventura

Sonho que sou um cavaleiro andante.
Por desertos, por sóis, por noite escura,
Paladino do amor, busco anelante
O palácio encantado da Ventura!

Mas já desmaio, exausto e vacilante,
Quebrada a espada já, rota[1] a armadura...
E eis que súbito o avisto, fulgurante
Na sua pompa e aérea formosura!

---

1. quebrada.

Com grandes golpes bato à porta e brado:
Eu sou o Vagabundo, o Deserdado...
Abri-vos, portas d'ouro, ante meus ais!

Abrem-se as portas d'ouro, com fragor...
Mas dentro encontro só, cheio de dor,
Silêncio e escuridão — nada mais!

## *Ignoto deo*[1]

Que beleza mortal se te assemelha,
Ó sonhadora visão desta alma ardente,
Que refletes em mim teu brilho ingente,
Lá como sobre o mar o sol se espelha?

O mundo é grande — e esta ânsia me aconselha
A buscar-te na terra: e eu, pobre crente,
Pelo mundo procuro um Deus clemente,
Mas a ara[2] só lhe encontro... nua e velha...

Não é mortal o que eu em ti adoro.
Que és tu aqui? Olhar de piedade,
Gota de mel em taça de venenos...

Pura essência das lágrimas que choro
E sonho dos meus sonhos! Se és verdade,
Descobre-te, visão, no céu ao menos!

---

1. Deus desconhecido; 2. altar.

## A Germano Meireles

Só males são reais, só dor existe;
Prazeres só os gera a fantasia;
Em nada, um imaginar, o bem consiste,
Anda o mal em cada hora e instante e dia.

Se buscamos o que é, o que devia
Por natureza ser não nos assiste;
Se fiamos num bem, que a mente cria,
Que outro remédio há aí senão ser triste?

Oh! quem tanto pudera, que passasse
A vida em sonhos, só, e nada vira...
Mas, no que se não vê, labor perdido!

Quem fora tão ditoso que olvidasse...
Mas nem seu mal com ele então dormira,
Que sempre o mal pior é ter nascido!

## A ideia

### I

Pois que os deuses antigos e os antigos
Divinos sonhos por esse ar se somem,
E a luz do altar da Fé, em Templo ou Dólmen[1],
A apagaram os ventos inimigos;

Pois que o Sinai se enubla e os seus pascigos[2],
Secos à míngua de água, se consomem,
E os profetas d'outrora todos dormem
Esquecidos, em terra sem abrigos;

---

1. Dólmen: monumento religioso pré-histórico, formado por uma grande pedra achatada posta sobre outras
que estão em posição vertical; 2. pastos.

Pois que o Céu se fechou, e já não desce
Na escala de Jacó (na de Jesus!)
Um só anjo, que aceite a nossa prece;

É que o lírio da Fé já não renasce:
Deus tapou com a mão a sua luz
E ante os homens velou a sua face!

## II

Pálido Cristo, ó condutor divino!
A custo agora a tua mão tão doce
Incerta nos conduz, como se fosse
Teu grande coração perdendo o tino...

A palavra sagrada do Destino
Na boca dos oráculos secou-se;
A luz da sarça-ardente dissipou-se
Ante os olhos do vago peregrino!

Ante os olhos dos homens — porque o Mundo
Desprendido rolou das mãos de Deus,
Como uma cruz das mãos dum moribundo!

Porque já se não lê seu nome escrito
Entre os astros... e os astros, como ateus,
Já não querem mais lei que o infinito!

## III

Força é pois ir buscar outro caminho!
Lançar o arco de outra nova ponte
Por onde a alma passe — e um alto monte
Aonde se abra à luz o nosso ninho.

Se nos negam aqui o pão e o vinho,
Avante! É largo, imenso esse horizonte...
Não, não se fecha o mundo! E além, defronte,
E em toda a parte há luz, vida e carinho;

Avante! Os mortos ficarão sepultos...
Mas os vivos que sigam, sacudindo
Como o pó da estrada os velhos cultos!

Doce e brando era o seio de Jesus...
Que importa? Havemos de passar, seguindo,
Se além do seio dele houver mais luz!

## IV

Conquista pois sozinho o teu futuro,
Já que os celestes guias te hão deixado,
Sobre uma terra ignota abandonado,
Homem — proscrito rei — mendigo escuro!

Se não tens que esperar do Céu (tão puro,
Mas tão cruel!) e o coração magoado
Sentes já de ilusões desenganado,
Das ilusões do antigo amor perjuro;

Ergue-te, então na majestade estoica
Duma vontade solitária e altiva,
Num esforço supremo de alma heroica!

Faze um templo dos muros da cadeia,
Prendendo a imensidade eterna e viva
No círculo de luz da tua Ideia!

# V

Mas a Ideia quem é? Quem foi que viu,
Jamais, a essa encoberta peregrina?
Quem lhe beijou a sua mão divina?
Com seu olhar de amor quem se vestiu?

Pálida imagem, que a água de algum rio,
Refletindo, levou... incerta e fina
Luz, que mal bruxuleia pequenina...
Nuvem que trouxe o ar e o ar sumiu...

Estendei, estendei-lhe os vossos braços,
Magros da febre dum sonhar profundo,
Vós todos que a seguis nesses espaços!

E entanto, ó alma triste, alma chorosa,
Tu não tens outra amante em todo o mundo
Mais que essa fria virgem desdenhosa!

# VI

Outra amante não há! Não há na vida
Sombra a cobrir melhor nossa cabeça,
Nem bálsamo mais doce, que adormeça
Em nós a antiga, a secular ferida!

Quer fuja esquiva, ou se ofereça erguida,
Como quem sabe amar e amar confessa,
Quer nas nuvens se esconda ou apareça,
Será sempre ela a esposa prometida!

Nossos desejos para ti, ó fria,
Se erguem, bem como os braços do proscrito,
Para as bandas da pátria, noite e dia.

Podes fugir... nossa alma delirante
Seguir-te-á através do infinito,
Até voltar contigo, triunfante!

## VII

Oh! o noivado bárbaro! O noivado
Sublime! Aonde os céus, os céus ingentes,
Serão leitos de amor, tendo pendentes
Os astros por dossel e cortinado!

As bodas do Desejo, embriagado
De ventura, afinal! Visões ferventes
De quem nos braços vai de ideias ardentes!
Por espaços sem termo arrebatado!

Lá, por onde se perde a fantasia
No sonho da beleza; lá, aonde
A noite tem mais luz que o nosso dia;

Lá, no seio da eterna claridade,
Aonde Deus à humana voz responde,
É que te havemos de abraçar, Verdade!

## VIII

Lá! Mas aonde é lá? Aonde? — Espera,
Coração indomado! O Céu, que anseia
A alma fiel, o Céu, o Céu da Ideia,
Em vão o buscas nessa imensa esfera!

O espaço é mudo: a imensidade austera
Debalde noite e dia se incendeia...
Em nenhum astro, em nenhum sol, se alteia
A rosa ideal da eterna Primavera!

O Paraíso e o templo da Verdade,
Ó mundos, astros, sóis, constelações!
Nenhum de vós o tem na imensidade...

A Ideia, o sumo bem, o Verbo, e a Essência,
Só se revela aos homens e às nações
No céu incorruptível da Consciência!

## Mors-Amor

(A Luiz de Magalhães)

Esse negro corcel, cujas passadas
Escuto em sonhos, quando a sombra desce,
E, passando a galope, me aparece
Da noite nas fantásticas estradas,

Donde vem ele? Que regiões sagradas
E terríveis cruzou, que assim parece
Tenebroso e sublime, e lhe estremece
Não sei que horror nas crinas agitadas?

Um cavaleiro de expressão potente,
Formidável, mas plácido, no porte,
Vestido de armadura reluzente,

Cavalga a fera estranha sem temor.
E o corcel negro diz: "Eu sou a Morte!"
Responde o cavaleiro: "Eu sou o Amor!"

## O inconsciente

O espectro familiar que anda comigo,
Sem que pudesse ainda ver-lhe o rosto,
Que umas vezes encaro com desgosto
E outras muitas ansioso espreito e sigo,

71

É um espectro mudo, grave, antigo,
Que parece a conversas mal disposto...
Ante este vulto, ascético e composto
Mil vezes abro a boca... e nada digo.

Só uma vez ousei interrogá-lo:
"Quem és (lhe perguntei com grande abalo)
Fantasma a quem odeio e a quem amo?"

— "Teus irmãos (respondeu) os vãos humanos,
Chamam-me Deus, há mais de dez mil anos...
Mas eu por mim não sei como me chamo..."

## A um crucifixo

Há mil anos, bom Cristo, ergueste os magros braços
E clamaste da cruz: há Deus! E olhaste, ó crente,
O horizonte futuro e viste, em tua mente
Um alvor ideal banhar esses espaços!

Por que morreu sem eco o eco de teus passos,
E de tua palavra (ó Verbo!) o som fremente?
Morreste... ah! dorme em paz! Não volvas, que descrente
Arrojaras de novo à campa os membros lassos[1]...

Agora, como então, na mesma terra erma,
A mesma humanidade é sempre a mesma enferma,
Sob o mesmo ermo céu, frio como um sudário...

E agora, como então, viras o mundo exangue[2],
E ouviras perguntar — de que serviu o sangue
Com que regaste, ó Cristo, as urzes do Calvário?

---

1. exaustos, fatigados; 2. sem sangue, sem forças.

# A um crucifixo

(Lendo, passados 12 anos, o soneto
que tem o mesmo título.)

Não se perdeu teu sangue generoso,
Nem padeceste em vão, quem quer que foste,
Plebeu antigo, que amarrado ao poste
Morreste como vil e faccioso.

Desse sangue maldito e ignominioso
Surgiu armada uma invencível hoste...
Paz aos homens e guerras aos deuses! — pôs-te
Em vão sobre um altar o vulgo ocioso...

Do pobre que protesta foste a imagem;
Um povo em ti começa, um homem novo;
De ti data essa trágica linhagem.

Por isso nós, a Plebe, ao pensar nisto,
Lembraremos, herdeiros desse povo,
Que entre nossos avós se conta Cristo.

# Na mão de Deus

Na mão de Deus, na sua mão direita,
Descansou afinal meu coração.
Do palácio encantado da Ilusão
Desci a passo e passo a escada estreita.

Com as flores mortais, com que se enfeita
A ignorância infantil, despojo vão,
Depus do Ideal e da Paixão
A forma transitória e imperfeita.

Como criança, em lôbrega jornada,
Que a mãe leva no colo agasalhada
E atravessa, sorrindo vagamente,

Selvas, mares, areias do deserto...
Dorme o teu sono, coração liberto,
Dorme na mão de Deus eternamente!

# CESÁRIO VERDE

# O sentimento dum ocidental

## I

## Ave-marias

Nas nossas ruas, ao anoitecer,
Há tal soturnidade, há tal melancolia,
Que as sombras, o bulício[1], o Tejo, a maresia
Despertam-me um desejo absurdo de sofrer.

O céu parece baixo e de neblina,
O gás extravasado enjoa-me, perturba;
E os edifícios, com as chaminés, e a turba,
Toldam-se duma cor monótona e londrina.

Batem os carros de aluguer[2], ao fundo,
Levando à via férrea os que se vão. Felizes!
Ocorrem-me em revista exposições, países:
Madri, Paris, Berlim, S. Petersburgo, o mundo!

Semelham-se a gaiolas, com viveiros,
As edificações somente emadeiradas:
Como morcegos, ao cair das badaladas,
Saltam de viga em viga os mestres carpinteiros.

Voltam os calafates[3], aos magotes[4],
De jaquetão ao ombro, enfarruscados, secos;
Embrenho-me, a cismar, por boqueirões, por becos,
Ou erro pelos cais a que se atracam botes.

E evoco, então, as crônicas navais:
Mouros, baixéis, heróis, tudo ressuscitado!
Luta Camões no Sul, salvando um livro a nado!
Singram soberbas naus que eu não verei jamais!

---

1. ruído (da multidão); 2. aluguel; 3. operários especializados em calafetação; 4. grupos.

E o fim da tarde inspira-me; e incomoda!
De um couraçado inglês vogam os escaleres;
E em terra num tinir de louças e talheres
Flamejam, ao jantar, alguns hotéis da moda.

Num trem de praça arengam dois dentistas;
Um trôpego arlequim braceja numas andas;
Os querubins do lar flutuam nas varandas;
Às portas, em cabelo, enfadam-se os lojistas!

Varam-se os arsenais e as oficinas;
Reluz, viscoso, o rio, apressam-se as obreiras;
E num cardume negro, hercúleas, galhofeiras,
Correndo com firmeza, assomam as varinas.

Vêm sacudindo as ancas opulentas!
Seus troncos varonis recordam-me pilastras;
E algumas, à cabeça, embalam nas canastras
Os filhos que depois naufragam nas tormentas.

Descalças! Nas descargas de carvão,
Desde manhã à noite, a bordo das fragatas;
E apinham-se num bairro aonde miam gatas,
E o peixe podre gera os focos de infecção!

## II

### *Noite fechada*

Toca-se as grades, nas cadeias. Som
Que mortifica e deixa umas loucuras mansas!
O aljube, em que hoje estão velhinhas e crianças,
Bem raramente encerra uma mulher de "dom"!

E eu desconfio, até, de um aneurisma
Tão mórbido me sinto, ao acender das luzes;
À vista das prisões, da velha Sé, das cruzes,
Chora-me o coração que se enche e que se abisma.

A espaços, iluminam-se os andares,
E as tascas, os cafés, as tendas, os estancos
Alastram em lençol os seus reflexos brancos;
E a Lua lembra o circo e os jogos malabares.

Duas igrejas, num saudoso largo,
Lançam a nódoa negra e fúnebre do clero:
Nelas esfumo um ermo inquisidor severo,
Assim que pela História eu me aventuro e alargo.

Na parte que abateu no terremoto,
Muram-me as construções retas, iguais, crescidas;
Afrontam-me, no resto, as íngremes subidas,
E os sinos dum tanger monástico e devoto.

Mas, num recinto público e vulgar,
Com bancos de namoro e exíguas pimenteiras,
Brônzeo, monumental, de proporções guerreiras,
Um épico doutrora ascende, num pilar!

E eu sonho o Cólera, imagino a Febre,
Nesta acumulação de corpos enfezados;
Sombrios e espectrais recolhem os soldados;
Inflama-se um palácio em face de um casebre.

Partem patrulhas de cavalaria
Dos arcos dos quartéis que foram já conventos;
Idade Média! A pé, outras, a passos lentos,
Derramam-se por toda a capital, que esfria.

Triste cidade! Eu temo que me avives
Uma paixão defunta! Aos lampiões distantes,
Enlutam-me, alvejando, as tuas elegantes,
Curvadas a sorrir às montras[1] dos ourives.

E mais: as costureiras, as floristas
Descem dos *magasins*[2], causam-me sobressaltos;
Custa-lhes a elevar os seus pescoços altos
E muitas delas são comparsas ou coristas.

E eu, de luneta de uma lente só,
Eu acho sempre assunto a quadros revoltados:
Entro na *brasserie*[3]; às mesas de emigrados,
Ao riso e à crua luz joga-se o dominó.

## III

## *Ao gás*

E saio. A noite pesa, esmaga. Nos
Passeios de lajedo arrastam-se as impuras.
Ó moles hospitais! Sai das embocaduras
Um sopro que arrepia os ombros quase nus.

Cercam-me as lojas, tépidas. Eu penso
Ver círios laterais, ver filas de capelas,
Com santos e fiéis, andores, ramos, velas,
Em uma catedral de um comprimento imenso.

As burguesinhas do Catolicismo
Resvalam pelo chão minado pelos canos;
E lembram-me, ao chorar doente dos pianos,
As freiras que os jejuns matavam de histerismo.

---

1. vitrinas; 2. *magasins* (francês): lojas; 3. *brasserie* (francês): cervejaria.

Num cuteleiro, de avental, ao torno,
Um forjador maneja um malho, rubramente;
E de uma padaria exala-se, inda quente,
Um cheiro salutar e honesto a pão no forno.

E eu que medito um livro que exacerbe,
Quisera que o real e a análise mo dessem;
Casas de confecções e modas resplandecem;
Pelas *vitrines* olha um ratoneiro[1] imberbe.

Longas descidas! Não poder pintar
Com versos magistrais, salubres e sinceros,
A esguia difusão dos vossos reverberos,
E a vossa palidez romântica e lunar!

Que grande cobra, a lúbrica pessoa
Que espartilhada escolhe uns xales com debuxo!
Sua excelência atrai, magnética, entre luxo,
Que ao longo dos balcões de mogno se amontoa.

E aquela velha, de bandós! Por vezes,
A sua *traîne*[2] imita um leque antigo, aberto,
Nas barras verticais, a duas tintas. Perto,
Escarvam, à vitória, os seus meclemburgueses[3].

Desdobram-se tecidos estrangeiros;
Plantas ornamentais secam nos mostradores;
Flocos de pós de arroz pairam sufocadores,
E em nuvens de cetins requebram-se os caixeiros.

Mas tudo cansa! Apagam-se nas frentes
Os candelabros, como estrelas, pouco a pouco;
Da solidão regouga[4] um cauteleiro[5] rouco;
Tornam-se mausoléus as armações fulgentes.

---

1. larápio, gatuno; 2. *traîne* (francês): cauda (parte do vestido que arrasta no chão); 3. meclemburgueses:
certo tipo de cães de raça; 4. grita; 5. vendedor de bilhetes de loteria.

"Dó da miséria!... Compaixão de mim!..."
E, nas esquinas, calvo, eterno, sem repouso,
Pede-me sempre esmola um homenzinho idoso,
Meu velho professor nas aulas de Latim!

## IV

## *Horas mortas*

O teto fundo de oxigênio, de ar,
Estende-se ao comprido, ao meio das trapeiras;
Vêm lágrimas de luz dos astros com olheiras,
Enleva-me a quimera azul de transmigrar.

Por baixo, que portões! Que arruamentos!
Um parafuso cai nas lajes, às escuras;
Colocam-se taipais, rangem as fechaduras,
E os olhos dum caleche[1] espantam-me, sangrentos.

E eu sigo, como as linhas de uma pauta
A dupla correnteza augusta das fachadas;
Pois sobem, no silêncio, infaustas e trinadas
As notas pastoris de uma longínqua flauta.

Se eu não morresse, nunca! E eternamente
Buscasse e conseguisse a perfeição das cousas!
Esqueço-me a prever castíssimas esposas,
Que aninhem em mansões de vidro transparente!

Ó nossos filhos! Que de sonhos ágeis,
Pousando, vos trarão a nitidez às vidas!
Eu quero as vossas mães e irmãs estremecidas.
Numas habitações translúcidas e frágeis.

---

1. carruagem de tração animal.

Ah! como a raça ruiva do porvir,
E as frotas dos avós, e os nômades ardentes
Nós vamos explorar todos os continentes
E pelas vastidões aquáticas seguir!

Mas se vivemos, os emparedados,
Sem árvores, no vale escuro das muralhas!...
Julgo avistar, na treva, as folhas das navalhas
E os gritos de socorro ouvir estrangulados.

E nestes nebulosos corredores
Nauseiam-me, surgindo, os ventres das tabernas;
Na volta, com saudade, e aos bordos sobre as pernas,
Cantam, de braço dado, uns tristes bebedores.

Eu não receio, todavia, os roubos;
Afastam-se, a distância, os dúbios caminhantes;
E sujos, sem ladrar, ósseos, febris, errantes,
Amareladamente, os cães parecem lobos.

E os guardas, que revistam as escadas,
Caminham de lanterna e servem de chaveiros;
Por cima, as imorais, nos seus roupões ligeiros,
Tossem, fumando, sobre a pedra das sacadas.

E, enorme, nesta massa irregular
De prédios sepulcrais, com dimensões de montes,
A Dor humana busca os amplos horizontes,
E tem marés, de fel, como um sinistro mar!

# ANTÔNIO NOBRE

## Menino e moço

Tombou da haste a flor da minha infância alada.
Murchou na jarra de ouro o pudico jasmim:
Voou aos altos Céus a pomba enamorada
Que dantes estendia as asas sobre mim.

Julguei que fosse eterna a luz dessa alvorada,
E que era sempre dia, e nunca tinha fim
Essa visão de luar que vivia encantada,
Num castelo com torres de marfim!

Mas, hoje, as pombas de ouro, as aves da minha infância,
Que me enchiam de Lua o coração, outrora,
Partiram e no Céu evolam-se, a distância!

Debalde clamo e choro, erguendo aos Céus meus ais:
Voltam na asa do Vento os ais que a alma chora,
Elas, porém, Senhor! Elas não voltam mais...

## Soneto

Ó Virgens que passais, ao Sol-poente,
Pelas estradas ermas, a cantar!
Eu quero ouvir uma canção ardente,
Que me transporte ao meu perdido Lar.

Cantai-me, nessa voz onipotente,
O Sol que tomba, aureolando o Mar,
A fartura da seara reluzente,
O vinho, a Graça, a formosura, o luar!

Cantai! Cantai as límpidas cantigas!
Das ruínas do meu Lar desenterrai
Todas aquelas ilusões antigas

Que eu vi morrer num sonho, como um ai...
Ó suaves e frescas raparigas,
Adormecei-me nessa voz... Cantai!

## *Afirmações religiosas*

Ó meus queridos! Ó meus Stos. limoeiros!
Ó bons e simples padroeiros!
Santos de minha muita devoção!
Padres choupos! ó castanheiros!
Basta de livros, basta de livreiros!
Sinto-me farto de civilização!

Rezai por mim, ó minhas boas freiras,
Rezai por mim, escuras oliveiras
De Coimbra, em Sto. Antônio de Olivais;
Tornai-me simples como eu era d'antes,
Sol de junho, queima as minhas estantes,
Poupa-me a Bíblia, Antero... e pouco mais!

No mar da vida cheia de perigos
Mais monstros há, diziam os antigos,
Que lá nas águas desse outro mar.
O que pensais vós a respeito disto,
Ó navegantes desse mar de Cristo!
Heróis, que tanto tendes de contar?

Chorai por mim, ó prantos dos salgueiros,
Pois entre os tristes eu sou dos primeiros!
Lamentos ao luar, dos pinheirais,
E vós, ó sombra triste das figueiras!
Chorai por mim, ó flor das amendoeiras
Chorai também, ó verdes canaviais!

E quando enfim, já tarde de sofrer
Eu um dia me for adormecer
Para onde há paz, maior que num convento,
Cobri-me de vestes, ó folhas d'outono,
Ai não me deixeis no meu abandono!
Chorai-me ciprestes, batidos do vento...

# EUGÊNIO DE CASTRO

## Um sonho

Na messe, que enlourece, estremece a quermesse...
O Sol, o celestial girassol, esmorece...
E as cantilenas de serenos sons amenos
Fogem fluidas, fluindo à fina flor dos fenos...

    As estrelas em seus halos
    Brilham com brilhos sinistros...
    Cornamusas e crotalos,
    Cítolas, cítaras, sistros,
    Soam suaves, sonolentos,
    Sonolentos e suaves,
    Em suaves,
    Suaves, lentos lamentos
    De acentos
    Graves,
    Suaves...

Flor! enquanto na messe estremece a quermesse
E o Sol, o celestial girassol, esmorece,
Deixamos estes sons tão serenos e amenos,
Fujamos, Flor! à flor destes floridos fenos...

    Soam vesperais as Vêsperas...
    Uns com brilhos de alabastros,
    Outros louros como nêsperas,
    No céu pardo ardem os astros...

Como aqui se está bem! Além freme a quermesse...
— Não sentes um gemer dolente que esmorece?
São os amantes delirantes que em amenos
Beijos se beijam, Flor! à flor dos frescos fenos...

As estrelas em seus halos
Brilham com brilhos sinistros...
Cornamusas e crotalos,
Cítolas, cítaras, sistros,
Soam suaves, sonolentos,
Sonolentos e suaves,
Em suaves,
Suaves, lentos lamentos
De acentos
Graves,
Suaves...

Esmaece na messe o rumor da quermesse...
— Não ouves este *ai* que esmaece e esmorece?
É um noivo a quem fugiu a Flor de olhos amenos,
E chora a sua morta, absorto, à flor dos fenos...

Soam vesperais as Vêsperas...
Uns com brilhos de alabastros,
Outros louros como nêsperas,
No céu pardo ardem os astros...

Penumbra de veludo. Esmorece a quermesse...
Sob o meu braço lasso o meu Lírio esmorece...
Beijo-lhe os boreais belos lábios amenos,
Beijo que freme e foge à flor dos flóreos fenos...

As estrelas em seus halos
Brilham com brilhos sinistros...
Cornamusas e crotalos,
Cítolas, cítaras, sistros,
Soam suaves, sonolentos,
Sonolentos e suaves,
Em suaves,
Suaves, lentos lamentos
De acentos
Graves,
Suaves...

Teus lábios de cinábrio, entreabre-os! Da quermesse
O rumor amolece, esmaece, esmorece...
Dá-me que eu beije os teus morenos e amenos
Peitos! Rolemos, Flor! à flor dos flóreos fenos...

Soam vesperais as Vêsperas...
Uns com brilhos de alabastros,
Outros louros como nêsperas,
No céu pardo ardem os astros...

Ah! não resistas mais a meus ais! Da quermesse
O atroador clangor, o rumor esmorece...
Rolemos, ó morena! em contactos amenos!
— Vibram três tiros à florida flor dos fenos...

As estrelas em seus halos
Brilham com brilhos sinistros...
Cornamusas e crotalos,
Cítolas, cítaras, sistros,
Soam suaves, sonolentos,
Sonolentos e suaves,
Em suaves,
Suaves, lentos lamentos
De acentos
Graves,
Suaves...

*Três* da manhã. Desperto incerto... E essa quermesse?
E a Flor que sonho? E o sonho? Ah! tudo isso esmorece!
No meu quarto uma luz luz com lumes amenos,
Chora o vento lá fora, à flor dos flóreos fenos...

## Ao cair da noite

Numa das margens do saudoso rio,
Contemplo a outra que sorri defronte:
Lá, sob o Sol, que baixa no horizonte,
Verdes belezas, enlevado, espio.

— Ali (digo eu), será menos sombrio
O viver que me põe rugas na fronte...
E erguendo-me, atravesso então a ponte,
Com meu bordão, cheio de fome e frio.

Chego. Desilusão! Da margem verde
Eis que o encanto, de súbito, se perde:
Bem mais bela era a margem que eu deixei!

Quero voltar atrás. Noite fechada!
E a ponte, pelas águas destroçada,
Por mais que a procurasse, não a achei!

## Sombra e clarão

De mãos dadas, lá vão avó e neta,
— A Saudade e a Esperança de mãos dadas! —
A neta é loira, a avó tem cãs prateadas,
Uma leva a boneca, outra a muleta.

Uma arrasta-se e a outra salta inquieta;
Aos suspiros vai uma, outra às risadas;
A avó desfia contas desgastadas,
E a neta colhe iriada[1] borboleta.

Uma vai confiada, outra bisonha[2];
Uma lembra-se, triste, e a outra sonha;
Leves asas tem uma, outra coxeia...

E eu, que as vejo passar, com mágoa infinda
Penso que a avó talvez já fosse linda,
E que a neta, que é linda, há de ser feia!

---

1. colorida; 2. ingênua.

# CAMILO PESSANHA

## Inscrição

Eu vi a luz em um país perdido.
A minha alma é lânguida e inerme.
Oh! quem pudesse deslizar sem ruído!
No chão sumir-se, como faz um verme...

## Caminho

### I

Tenho sonhos cruéis, n'alma doente
Sinto um vago receio prematuro.
Vou a medo na aresta do futuro,
Embebido em saudades do presente...

Saudades desta dor que em vão procuro
Do peito afugentar bem rudemente,
Devendo, ao desmaiar sobre o poente,
Cobrir-me o coração dum véu escuro!...

Porque a dor, esta falta d'harmonia,
Toda a luz desgrenhada que alumia
As almas doidamente, o céu d'agora,

Sem ela o coração é quase nada:
Um Sol onde expirasse a madrugada,
Porque é só madrugada quando chora.

## II

Encontraste-me um dia no caminho
Em procura de quê, nem eu o sei.
— Bom dia, companheiro, te saudei,
Que a jornada é maior indo sozinho.

É longe, é muito longe, há muito espinho!
Paraste a repousar, eu descansei...
Na venda em que poisaste, onde poisei,
Bebemos cada um do mesmo vinho.

É no monte escabroso, solitário.
Corta os pés como a rocha dum calvário,
E queima como a areia!... Foi no entanto

Que choramos a dor de cada um...
E o vinho em que choraste era comum:
Tivemos que beber do mesmo pranto.

## III

Fez-nos bem, muito bem, esta demora:
Enrijou a coragem fatigada...
Eis os nossos bordões da caminhada,
Vai já rompendo o Sol: vamos embora.

Este vinho, mais virgem do que a aurora,
Tão virgem não o temos na jornada...
Enchamos as cabaças: pela estrada,
Daqui inda este néctar avigora!...

Cada um por seu lado!... Eu vou sozinho,
Eu quero arrostar[1] só todo o caminho,
Eu posso resistir à grande calma!...

---

1. encarar, enfrentar.

Deixai-me chorar mais e beber mais,
Perseguir doidamente os meus ideais,
E ter fé e sonhar — encher a alma.

## *Soneto*

Quem poluiu, quem rasgou os meus lençóis de linho,
Onde esperei morrer, — meus tão castos lençóis?
Do meu jardim exíguo os altos girassóis
Quem foi que os arrancou e lançou no caminho?

Quem quebrou (que furor cruel e simiesco!)
À mesa de eu cear, — tábua tosca de pinho?
E me espalhou a lenha? E me entornou o vinho?
— Da minha vinha o vinho acidulado e fresco...

Ó minha pobre mãe!... Não te ergas mais da cova.
Olha a noite, olha o vento. Em ruína a casa nova...
Dos meus ossos o lume a extinguir-se breve.

Não venhas mais ao luar. Não vagabundes mais.
Alma da minha mãe... Não andes mais à neve,
De noite a mendigar às portas dos casais.

## *Soneto*

Imagens que passais pela retina
Dos meus olhos, por que não vos fixais?
Que passais como a água cristalina
Por uma fonte para nunca mais!...

Ou para o lago escuro onde termina
Vosso curso, silente de juncais,
E o vago medo angustioso domina,
— Por que ides sem mim, não me levais?

96

Sem vós o que são os meus olhos abertos?
— O espelho inútil, meus olhos pagãos!
Aridez de sucessivos desertos...

Fica sequer, sombra das minhas mãos,
Flexão casual de meus dedos incertos,
— Estranha sombra em movimentos vãos.

## *Crepuscular*

Há no ambiente um murmúrio de queixume,
De desejos de amor, d'ais compridos...
Uma ternura esparsa de balidos
Sente-se esmorecer como um perfume.

As madressilvas murcham nos silvados
E o aroma que exalam pelo espaço
Tem delíquios[1] de gozo e de cansaço,
Nervosos, femininos, delicados.

Sentem-se espasmos, agonias d'ave,
Inapreensíveis, mínimas, serenas...
— Tenho entre as mãos as tuas mãos pequenas,
O meu olhar no teu olhar suave.

As tuas mãos tão brancas d'anemia...
Os teus olhos tão meigos de tristeza...
— É este enlanguescer da natureza,
Este vago sofrer do fim do dia.

---

1. desfalecimentos.

## Viola Chinesa

Ao longo da viola morosa
Vai adormecendo a parlenda[1]
Sem que amadornado eu atenda
A lenga-lenga fastidiosa.

Sem que o meu coração se prenda,
Enquanto nasal, minuciosa,
Ao longo da viola morosa,
Vai adormecendo a parlenda.

Mas que cicatriz melindrosa
Há nele que essa viola ofenda
E faz que as asitas[2] distenda
Numa agitação dolorosa?

Ao longo da viola, morosa...

## *Ao longe dos barcos de flores*

Só, incessante, um som de flauta chora,
Viúva, grácil, na escuridão tranquila,
— Perdida voz que de entre as mais se exila,
— Festões de som dissimulando a hora.

Na orgia, ao longe, que em clarões cintila
E os lábios, branca, do carmim desflora...
Só, incessante, um som de flauta chora,
Viúva, grácil, na escuridão tranquila.

E a orquestra? E os beijos? Tudo a noite, fora,
Cauta[3], detém. Só modulada trila
A flauta flébil... Quem há de remi-la?
Quem sabe a dor que sem razão deplora?

Só, incessante, um som de flauta chora...

............

---

1. falatório; 2. asinhas; 3. cautelosa.

Chorai arcadas
Do violoncelo!
Convulsionadas,
Pontes aladas
De pesadelo...

De que esvoaçam,
Brancos, os arcos...
Por baixo passam,
Se despedaçam,
No rio, os barcos.

Fundas, soluçam
Caudais de choro...
Que ruínas, (ouçam)!
Se se debruçam,
Que sorvedouro!...

Trêmulos astros...
Soidões[1] lacustres...
— Lemes e mastros...
E os alabastros
Dos balaústres!

Urnas quebradas!
Blocos de gelo...
— Chorai arcadas,
Despedaçadas,
Do violoncelo.

---

1. solidões.

# FLORBELA ESPANCA

## Amar!

Eu quero amar, amar perdidamente!
Amar só por amar: Aqui... além...
Mais Este e Aquele, o Outro e toda a gente...
Amar! Amar! E não amar ninguém!

Recordar? Esquecer? Indiferente!...
Prender ou desprender? É mal? É bem?
Quem disser que se pode amar alguém
Durante a vida inteira é porque mente!

Há uma primavera em cada vida:
É preciso cantá-la assim florida,
Pois se Deus nos deu voz, foi pra cantar!

E se um dia hei de ser pó, cinza e nada,
Que seja a minha noite uma alvorada,
Que me saiba perder... pra me encontrar...

## Eu

Eu sou a que no mundo anda perdida
Eu sou a que na vida não tem norte,
Sou a irmã do Sonho, e desta sorte
Sou a crucificada... a dolorida...

Sombra de névoa tênue e esvaecida,
E que o destino amargo, triste e forte,
Impele brutalmente para a morte!
Alma de luto sempre incompreendida!...

Sou aquela que passa e ninguém vê...
Sou a que chamam triste sem o ser...
Sou a que chora sem saber por quê...

Sou talvez a visão que Alguém sonhou.
Alguém que veio ao mundo pra me ver
E que nunca na vida me encontrou!

## *Ambiciosa*

Para aqueles fantasmas que passaram,
Vagabundos a quem jurei amar,
Nunca os meus braços lânguidos traçaram
O voo dum gesto para os alcançar...

Se as minhas mãos em garra se cravaram
Sobre um amor em sangue a palpitar...
— Quantas panteras bárbaras mataram
Só pelo raro gosto de matar!

Minha alma é como a pedra funerária
Erguida na montanha solitária
Interrogando a vibração dos céus!

O amor dum homem? — Terra tão pisada,
Gota de chuva ao vento baloiçada...
Um homem? — Quando eu sonho o amor dum Deus!...

## *Noitinha*

A noite sobre nós se debruçou...
Minha alma ajoelha, põe as mãos e ora!
O luar, pelas colinas, nesta hora,
É a água dum gomil que se entornou...

Não sei quem tanta pérola espalhou!
Murmura alguém pelas quebradas fora...
Flores do campo, humildes, mesmo agora,
A noite, os olhos brandos, lhes fechou...

Fumo beijando o colmo dos casais...
Serenidade idílica de fontes,
E a voz dos rouxinóis nos salgueirais...

Tranquilidade... calma... anoitecer...
Num êxtase, eu escuto pelos montes
O coração das pedras a bater...

## Charneca em flor

Enche o meu peito, num encanto mago,
O frêmito das coisas dolorosas...
Sob as urzes queimadas nascem rosas...
Nos meus olhos as lágrimas apago...

Anseio! Asas abertas! O que trago
Em mim? Eu oiço bocas silenciosas
Murmurar-me as palavras misteriosas
Que perturbam meu ser como um afago!

E, nesta febre ansiosa que me invade,
Dispo a minha mortalha, o meu burel,
E, já não sou, Amor, Sóror Saudade...

Olhos a arder em êxtases de amor,
Boca a saber a Sol, a fruto, a mel:
Sou a charneca rude a abrir em flor!

*MÁRIO DE SÁ-CARNEIRO*

## Quase

Um pouco mais de sol — eu era brasa,
Um pouco mais de azul — eu era além.
Para atingir, faltou-me um golpe de asa...
Se ao menos eu permanecesse aquém...

Assombro ou paz? Em vão... Tudo esvaído
Num baixo mar enganador de espuma;
E o grande sonho despertado em bruma,
O grande sonho — ó dor! — quase vivido...

Quase o amor, quase o triunfo e a chama,
Quase o princípio e o fim — quase a expansão...
Mas na minh'alma tudo se derrama...
Entanto nada foi só ilusão!

De tudo houve um começo... e tudo errou...
— Ai! a dor de ser — quase, dor sem fim... —
Eu falhei-me entre os mais, falhei em mim,
Asa que se elançou mas não voou...

Momentos de alma que desbaratei...
Templos aonde nunca pus um altar...
Rios que perdi sem os levar ao mar...
Ânsias que foram mas que não fixei...

Se me vagueio, encontro só indícios...
Ogivas para o sol — vejo-as cerradas;
E mãos de herói, sem fé, acobardadas,
Puseram grades sobre os precipícios...

Num ímpeto difuso de quebranto,
Tudo encetei e nada possuí...
Hoje, de mim, só resta o desencanto
Das coisas que beijei mas não vivi...

.................................................
.................................................

Um pouco mais de sol — e fora brasa,
Um pouco mais de azul — e fora além.
Para atingir, faltou-me um golpe de asa...
Se ao menos eu permanecesse aquém...

## Escavação

Numa ânsia de ter alguma cousa,
Divago por mim mesmo a procurar,
Desço-me todo, em vão, sem nada achar,
E a minh'alma perdida não repousa.

Nada tendo, decido-me a criar:
Brando a espada: sou luz harmoniosa
E chama genial que tudo ousa
Unicamente à força de sonhar...

Mas a vitória fulva esvai-se logo...
E cinzas, cinzas só, em vez de fogo...
— Onde existo que não existo em mim?

.........................................................
.........................................................

Um cemitério falso sem ossadas,
Noites d'amor sem bocas esmagadas —
Tudo outro espasmo que princípio ou fim...

# Dispersão

Perdi-me dentro de mim
Porque eu era labirinto
E hoje, quando me sinto,
É com saudades de mim.

Passei pela minha vida
Um astro doido a sonhar.
Na ânsia de ultrapassar,
Nem dei pela minha vida...

Para mim é sempre ontem,
Não tenho amanhã nem hoje:
O tempo que aos outros foge
Cai sobre mim feito ontem.

(O Domingo de Paris
Lembra-me o desaparecido
Que sentia comovido
Os Domingos de Paris:

Porque um domingo é família,
É bem-estar, é singeleza,
E os que olham a beleza
Não têm bem-estar nem família.)

O pobre moço das ânsias...
Tu, sim, tu eras alguém!
E foi por isso também
Que te abismaste nas ânsias.

A grande ave doirada
Bateu asas para os céus
Mas fechou-as saciada
Ao ver que ganhava os céus.

Como se chora um amante,
Assim me choro a mim mesmo:
Eu fui amante inconstante
Que se traiu a si mesmo.

Não sinto o espaço que encerro
Nem as linhas que projeto:
Se me olho a um espelho, erro —
Não me acho no que projeto.

Regresso dentro de mim
Mas nada me fala, nada!
Tenho a alma amortalhada,
Sequinha, dentro de mim.

Não perdi a minha alma,
Fiquei com ela, perdida.
Assim eu choro, da vida,
A morte da minha alma.

Saudosamente recordo
Uma gentil companheira
Que na minha vida inteira
Eu nunca vi... mas recordo

A sua boca doirada
E o seu corpo esmaecido,
Em um hálito perdido
Que vem na tarde doirada.

(As minhas grandes saudades
São do que nunca enlacei.
Ai, como eu tenho saudades
Dos sonhos que não sonhei!...)

E sinto que a minha morte —
Minha dispersão total —
Existe lá longe, ao norte,
Numa grande capital.

Vejo o meu último dia
Pintado em rolos de fumo,
E todo azul-de-agonia
Em sombra e além me sumo.

Ternura feita saudade,
Eu beijo as minhas mãos brancas...
Sou amor e piedade
Em face dessas mãos brancas...

Tristes mãos longas e lindas
Que eram feitas p'ra se dar...
Ninguém mas quis apertar...
Tristes mãos longas e lindas...

Eu tenho pena de mim,
Pobre menino ideal...
Que me faltou afinal?
Um elo? Um rastro?... Ai de mim!...

Desceu-me n'alma o crepúsculo;
Eu fui alguém que passou.
Serei, mas já não me sou;
Não vivo, durmo o crepúsculo.

Álcool dum sono outonal
Me penetrou vagamente
A difundir-me dormente
Em uma bruma outonal.

Perdi a morte e a vida,
E, louco, não enlouqueço...
A hora foge vivida
Eu sigo-a, mas permaneço...

.................................................

Castelos desmantelados,
Leões alados sem juba...

.................................................

## Álcool

Guilhotinas, pelouros e castelos
Resvalam longemente em procissão;
Volteiam-me crepúsculos amarelos,
Mordidos, doentios de roxidão.

Batem asas de auréola aos meus ouvidos,
Grifam-me sons de cor e de perfumes,
Ferem-me os olhos turbilhões de gumes,
Descem-me a alma, sangram-me os sentidos.

Respiro-me no ar que ao longe vem,
Da luz que me ilumina participo;
Quero reunir-me e todo me dissipo —
Luto, estrebucho... Em vão! Silvo pra além...

Corro em volta de mim sem me encontrar...
Tudo oscila e se abate como espuma...
Um disco de oiro surge a voltear...
Fecho os meus olhos com pavor da bruma...

Que droga foi a que me inoculei?
Ópio de inferno em vez de paraíso?...
Que sortilégio a mim próprio lancei?
Como é que em dor genial eu me eterizo?

Nem ópio nem morfina. O que me ardeu,
Foi álcool mais raro e penetrante:
É só de mim que ando delirante —
Manhã tão forte que me anoiteceu.

## Fim

Quando eu morrer batam em latas,
Rompam aos saltos e aos pinotes,
Façam estalar no ar chicotes,
Chamem palhaços e acrobatas!

Que o meu caixão vá sobre um burro
Ajaezado à andaluza...
A um morto nada se recusa,
E eu quero por força ir de burro!

*FERNANDO PESSOA*

## Fernando Pessoa "Ele Mesmo"

### Autopsicografia[1]

O poeta é um fingidor.
Finge tão completamente
Que chega a fingir que é dor
A dor que deveras sente.

E os que leem o que escreve,
Na dor lida sentem bem,
Não as duas que ele teve,
Mas só a que eles não têm.

E assim nas calhas de roda
Gira, a entreter a razão,
Esse comboio de corda
Que se chama o coração.

### Ela canta, pobre ceifeira

Ela canta, pobre ceifeira,
Julgando-se feliz talvez;
Canta, e ceifa, e a sua voz, cheia
De alegre e anônima viuvez,

Ondula como um canto de ave
No ar limpo como um limiar,
E há curvas no enredo suave
Do som que ela tem a cantar.

---

1. Neste texto, Fernando Pessoa reflete sobre o próprio fazer poético e sobre a relação que se estabelece entre o poema e o leitor. *Autopsicografia* é uma palavra formada de elementos gregos: *auto* = de si mesmo; *psicografia* = descrição da mente, ou, segundo o espiritismo, escrita de um espírito através de um médium.

Ouvi-la alegra e entristece,
Na sua voz há o campo e a lida
E canta como se tivesse
Mais razões pra cantar que a vida.

Ah, canta, canta sem razão!
O que em mim sente 'stá pensando.
Derrama no meu coração
A tua incerta voz ondeando!

Ah, poder ser tu, sendo eu!
Ter a tua alegre inconsciência,
E a consciência disso! Ó céu!
Ó campo! Ó canção! A ciência

Pesa tanto e a vida é tão breve!
Entrai por mim dentro! Tornai
Minha alma a vossa sombra leve!
Depois, levando-me, passai!

...........

Natal... Na província neva.
Nos lares aconchegados,
Um sentimento conserva
Os sentimentos passados.

Coração oposto ao mundo,
Como a família é verdade!
Meu pensamento é profundo,
'Stou só e sonho saudade.

E como é branca de graça
A paisagem que não sei,
Vista de trás da vidraça
Do lar que nunca terei!

...........

## Liberdade

Ai que prazer
Não cumprir um dever,
Ter um livro para ler
E não o fazer!
Ler é maçada,
Estudar é nada.
O sol doira
Sem literatura.
O rio corre, bem, ou mal,
Sem edição original.
E a brisa, essa,
De tão naturalmente matinal,
Como tem tempo não tem pressa...

Livros são papéis pintados com tinta.
Estudar é uma coisa em que está indistinta
A distinção entre nada e coisa nenhuma.

Quanto é melhor, quando há bruma,
Esperar por dom Sebastião,
Quer venha ou não!

Grande é a poesia, a bondade e as danças...
Mas o melhor do mundo são as crianças,
Flores, música, o luar, e o sol, que peca
Só quando, em vez de criar, seca.

O mais do que isto
É Jesus Cristo,
Que não sabia nada de finanças
Nem consta que tivesse biblioteca...

116

## Natal

Nasce um deus. Outros morrem. A Verdade
Nem veio nem se foi: o Erro mudou.
Temos agora uma outra Eternidade,
E era sempre melhor o que passou.

Cega, a Ciência a inútil gleba lavra.
Louca, a Fé vive o sonho do seu culto.
Um novo deus é só uma palavra.
Não procures nem creias: tudo é oculto.

## O menino da sua mãe

No plaino abandonado
Que a morna brisa aquece,
De balas traspassado
— Duas, de lado a lado —,
Jaz morto, e arrefece.

Raia-lhe a farda o sangue.
De braços estendidos,
Alvo, louro, exangue,
Fita com olhar langue
E cego os céus perdidos.

Tão jovem! que jovem era!
(Agora que idade tem?)
Filho único, a mãe lhe dera
Um nome e o mantivera:
"O menino da sua mãe".

Caiu-lhe da algibeira
A cigarreira breve.
Dera-lhe a mãe. Está inteira
E boa a cigarreira.
Ele é que já não serve.

De outra algibeira, alada
Ponta a roçar o solo,
A brancura embainhada
De um lenço... Deu-lho a criada
Velha que o trouxe ao colo.

Lá longe, em casa, há a prece:
"Que volte cedo, e bem!"
(Malhas que o Império tece!)
Jaz morto, e apodrece,
O menino da sua mãe.

## Isto

Dizem que finjo ou minto
Tudo que escrevo. Não.
Eu simplesmente sinto
Com a imaginação.
Não uso o coração.

Tudo o que sonho ou passo,
O que me falha ou finda,
É como que um terraço
Sobre outra coisa ainda.
Essa coisa é que é linda.

Por isso escrevo em meio
Do que não está ao pé,
Livre do meu enleio,
Sério do que não é.
Sentir? Sinta quem lê!

...........

Ó sino da minha aldeia,
Dolente na tarde calma,
Cada tua badalada
Soa dentro da minha alma.

E é tão lento o teu soar,
Tão como triste da vida,
Que já a primeira pancada
Tem o som de repetida.

Por mais que me tanjas perto
Quando passo, sempre errante,
És para mim como um sonho,
Soas-me na alma distante.

A cada pancada tua,
Vibrante no céu aberto,
Sinto mais longe o passado,
Sinto a saudade mais perto.

............

Tenho tanto sentimento
Que é frequente persuadir-me
De que sou sentimental,
Mas reconheço, ao medir-me,
Que tudo isso é pensamento,
Que não senti afinal.

Temos, todos que vivemos,
Uma vida que é vivida
E outra vida que é pensada.
E a única vida que temos
É essa que é dividida
Entre a verdadeira e a errada.

Qual porém é verdadeira
E qual errada, ninguém
Nos saberá explicar;
E vivemos de maneira
Que a vida que a gente tem
É a que tem que pensar.

## Álvaro de Campos

# Poema em linha reta

Nunca conheci quem tivesse levado porrada.
Todos os meus conhecidos têm sido campeões em tudo.

E eu, tantas vezes reles, tantas vezes porco, tantas vezes vil,
Eu tantas vezes irrespondivelmente parasita,
Indesculpavelmente sujo,
Eu, que tantas vezes não tenho tido paciência para tomar banho,
Eu, que tantas vezes tenho sido ridículo, absurdo,
Que tenho enrolado os pés publicamente nos tapetes das etiquetas,
Que tenho sido grotesco, mesquinho, submisso e arrogante,
Que tenho sofrido enxovalhos e calado,
Que quando não tenho calado, tenho sido mais ridículo ainda;
Eu, que tenho sido cômico às criadas de hotel,
Eu, que tenho sentido o piscar de olhos dos moços de fretes,
Eu, que tenho feito vergonhas financeiras, pedido emprestado sem pagar,
Eu, que, quando a hora do soco surgiu, me tenho agachado
Para fora da possibilidade do soco;
Eu, que tenho sofrido a angústia das pequenas coisas ridículas,
Eu verifico que não tenho par nisto tudo neste mundo.

Toda a gente que eu conheço e que fala comigo
Nunca teve um ato ridículo, nunca sofreu enxovalho,
Nunca foi senão príncipe — todos eles príncipes — na vida...

Quem me dera ouvir de alguém a voz humana
Que confessasse não um pecado, mas uma infâmia;
Que contasse, não uma violência, mas uma cobardia!
Não, são todos o Ideal, se os oiço e me falam.
Quem há neste largo mundo que me confesse que uma vez foi vil?
Ó príncipes, meus irmãos,

Arre, estou farto de semideuses!
Onde é que há gente no mundo?

120

Então sou só eu que é vil e errôneo nesta terra?

Poderão as mulheres não os terem amado,
Podem ter sido traídos — mas ridículos nunca!
E eu, que tenho sido ridículo sem ter sido traído,
Como posso eu falar com os meus superiores sem titubear?
Eu, que tenho sido vil, literalmente vil,
Vil no sentido mesquinho e infame da vileza.

## *Aniversário*

No tempo em que festejavam o dia dos meus anos,
Eu era feliz e ninguém estava morto.
Na casa antiga, até eu fazer anos era uma tradição de há séculos,
E a alegria de todos, e a minha, estava certa com uma religião qualquer.

No tempo em que festejavam o dia dos meus anos,
Eu tinha a grande saúde de não perceber coisa nenhuma,
De ser inteligente para entre a família,
E de não ter as esperanças que os outros tinham por mim.
Quando vim a ter esperanças, já não sabia ter esperanças.
Quando vim a olhar para a vida, perdera o sentido da vida.

Sim, o que fui de suposto a mim mesmo,
O que fui de coração e parentesco,
O que fui de serões de meia-província,
O que fui de amarem-me e eu ser menino,
O que fui — ai, meu Deus!, o que só hoje sei que fui...
A que distância!...
(Nem o acho...)
O tempo em que festejavam o dia dos meus anos!

**121**

O que eu sou hoje é como a umidade no corredor do fim da casa,
Pondo grelado nas paredes...
O que eu sou hoje (e a casa dos que me amaram treme
através das minhas lágrimas),
O que eu sou hoje é terem vendido a casa,
É terem morrido todos,
É estar eu sobrevivente a mim-mesmo como um fósforo frio...

No tempo em que festejavam o dia dos meus anos...
Que meu amor, como uma pessoa, esse tempo!
Desejo físico da alma de se encontrar ali outra vez,
Por uma viagem metafísica e carnal,
Com uma dualidade de eu para mim...
Comer o passado como pão de fome, sem tempo de manteiga nos dentes!

Vejo tudo outra vez com uma nitidez que me cega para o que há aqui...
A mesa posta com mais lugares, com melhores desenhos na loiça, com mais copos,
O aparador com muitas coisas — doces, frutas, o resto na sombra debaixo do alçado —,
As tias velhas, os primos diferentes, e tudo era por minha causa,
No tempo em que festejavam o dia dos meus anos...

Para, meu coração!
Não penses! Deixa o pensar na cabeça!
Ó meu Deus, meu Deus, meu Deus!
Hoje já não faço anos.
Duro.
Somam-se-me dias.
Serei velho quando o for.
Mais nada.
Raiva de não ter trazido o passado roubado na algibeira!...

O tempo em que festejavam o dia dos meus anos!...

**122**

## *Lisbon revisited*[1]
## *(1923)*

Não: não quero nada.
Já disse que não quero nada.

Não me venham com conclusões!
A única conclusão é morrer.

Não me tragam estéticas!
Não me falem em moral!
Tirem-me daqui a metafísica!
Não me apregoem sistemas completos, não me enfileirem conquistas
Das ciências (das ciências, Deus meu, das ciências!) —
Das ciências, das artes, da civilização moderna!

Que mal fiz eu aos deuses todos?

Se têm a verdade, guardem-na!

Sou um técnico, mas tenho técnica só dentro da técnica.
Fora disso sou doido, com todo o direito a sê-lo.
Com todo o direito a sê-lo, ouviram?

Não me macem, por amor de Deus!

Queriam-me casado, fútil, quotidiano e tributável?
Queriam-me o contrário disso, o contrário de qualquer coisa?
Se eu fosse outra pessoa, fazia-lhes, a todos, a vontade.
Assim, como sou, tenham paciência!
Vão para o diabo sem mim,
Ou deixem-me ir sozinho para o diabo!
Para que havemos de ir juntos?

---

1. Lisboa revisitada.

Não me peguem no braço!
Não gosto que me peguem no braço. Quero ser sozinho.
Já disse que sou sozinho!
Ah, que maçada quererem que eu seja de companhia!

Ó céu azul — o mesmo da minha infância —
Eterna verdade vazia e perfeita!
Ó macio Tejo ancestral e mudo,
Pequena verdade onde o céu se reflete!
Ó mágoa revisitada, Lisboa de outrora de hoje!
Nada me dais, nada me tirais, nada sois que eu me sinta.

Deixem-me em paz! Não tardo, que eu nunca tardo...
E enquanto tarda o Abismo e o Silêncio quero estar sozinho!

## *Lisbon revisited*
## *(1926)*

Nada me prende a nada.
Quero cinquenta coisas ao mesmo tempo.
Anseio com uma angústia de fome de carne
O que não sei que seja —
Definidamente pelo indefinido...
Durmo irrequieto, e vivo num sonhar irrequieto
De quem dorme irrequieto, metade a sonhar.

Fecharam-me todas as portas abstratas e necessárias.
Correram cortinas de todas as hipóteses que eu poderia ver da rua.
Não há na travessa achada o número da porta que me deram.

Acordei para a mesma vida para que tinha adormecido.
Até os meus exércitos sonhados sofreram derrota.
Até os meus sonhos se sentiram falsos ao serem sonhados.
Até a vida só desejada me farta — até essa vida...

Compreendo a intervalos desconexos;
Escrevo por lapsos de cansaço;
E um tédio que é até do tédio, arroja-me à praia.
Não sei que destino ou futuro compete à minha angústia sem leme;
Não sei que ilhas do Sul impossível aguardam-me náufrago;
Ou que palmares de literatura me darão ao menos um verso.

Não, não sei isto, nem outra coisa, nem coisa nenhuma...
E, no fundo do meu espírito, onde sonho o que sonhei,
Nos campos últimos da alma, onde memoro sem causa
(E o passado é uma névoa natural de lágrimas falsas),
Nas estradas e atalhos das florestas longínquas
Onde supus o meu ser,
Fogem desmantelados, últimos restos
Da ilusão final,
Os meus exércitos sonhados, derrotados sem ter sido,
As minhas coortes por existir, esfaceladas em Deus.

Outra vez te revejo,
Cidade da minha infância pavorosamente perdida...
Cidade triste e alegre, outra vez sonho aqui...
Eu? Mas sou eu o mesmo que aqui vivi, e aqui voltei,
E aqui tornei a voltar, e a voltar.
E aqui de novo tornei a voltar?
Ou somos, todos os Eu que estive aqui ou estiveram,
Uma série de contas-entes ligada por um fio-memória,
Uma série de sonhos de mim de alguém de fora de mim?

Outra vez te revejo,
Com o coração mais longínquo, a alma menos minha.

Outra vez te revejo — Lisboa e Tejo e tudo —,
Transeunte inútil de ti e de mim,
Estrangeiro aqui como em toda a parte,
Casual na vida como na alma,
Fantasma a errar em salas de recordações,
Ao ruído dos ratos e das tábuas que rangem
No castelo maldito de ter que viver...

Outra vez te revejo,
Sombra que passa através de sombras, e brilha
Um momento a uma luz fúnebre desconhecida,
E entra na noite como um rastro de barco se perde
Na água que deixa de se ouvir...

Outra vez te revejo,
Mas, ai, a mim não me revejo!
Partiu-se o espelho mágico em que me revia idêntico,
E em cada fragmento fatídico vejo só um bocado de mim —
Um bocado de ti e de mim!...

126

## Tabacaria

Não sou nada.
Nunca serei nada.
Não posso querer ser nada.
À parte isso, tenho em mim todos os sonhos do mundo.

Janelas do meu quarto,
Do meu quarto de um dos milhões do mundo que ninguém sabe quem é
(E se soubessem quem é, o que saberiam?),
Dais para o mistério de uma rua cruzada constantemente por gente,
Para uma rua inacessível a todos os pensamentos,
Real, impossivelmente real, certa, desconhecidamente certa,
Com o mistério das coisas por baixo das pedras e dos seres,
Com a morte a pôr umidade nas paredes e cabelos brancos nos homens,
Com o Destino a conduzir a carroça de tudo pela estrada de nada.

Estou hoje vencido, como se soubesse a verdade.
Estou hoje lúcido, como se estivesse para morrer,
E não tivesse mais irmandade com as coisas
Senão uma despedida, tornando-se esta casa e este lado da rua
A fileira de carruagens de um comboio, e uma partida apitada
De dentro da minha cabeça,
E uma sacudidela dos meus nervos e um ranger de ossos na ida.

Estou hoje perplexo, como quem pensou e achou e esqueceu.
Estou hoje dividido entre a lealdade que devo
À Tabacaria do outro lado da rua, como coisa real por fora,
E à sensação de que tudo é sonho como coisa real por dentro.

Falhei em tudo.
Como não fiz propósito nenhum, talvez tudo fosse nada.
A aprendizagem que me deram,
Desci dela pela janela das traseiras da casa.
Fui até ao campo com grandes propósitos.
Mas lá encontrei só ervas e árvores,
E quando havia gente era igual à outra.
Saio da janela, sento-me numa cadeira. Em que hei de pensar?

Que sei eu do que serei, eu que não sei o que sou?
Ser o que penso? Mas penso ser tanta coisa!
E há tantos que pensam ser a mesma coisa que não pode haver tantos!
Gênio? Neste momento
Cem mil cérebros se concebem em sonho gênios como eu,
E a história não marcará, quem sabe?, nem um,
Nem haverá senão estrume de tantas conquistas futuras.
Não, não creio em mim.
Em todos os manicômios há doidos malucos com tantas certezas!
Eu, que não tenho nenhuma certeza, sou mais certo ou menos certo?
Não, nem em mim...
Em quantas mansardas e não-mansardas do mundo
Não estão nesta hora gênios-para-si-mesmos sonhando?
Quantas aspirações altas e nobres e lúcidas —
Sim, verdadeiramente altas e nobres e lúcidas —,
E quem sabe se realizáveis,
Nunca verão a luz do sol real nem acharão ouvidos de gente?
O mundo é para quem nasce para o conquistar
E não para quem sonha que pode conquistá-lo, ainda que tenha razão.
Tenho sonhado mais que o que Napoleão fez.
Tenho apertado ao peito hipotético mais humanidades do que Cristo,
Tenho feito filosofias em segredo que nenhum Kant escreveu.
Mas sou, e talvez serei sempre, o da mansarda,
Ainda que não more nela;
Serei sempre *o que não nasceu para isso*;
Serei sempre só *o que tinha qualidades*;
Serei sempre o que esperou que lhe abrissem a porta ao pé de uma parede sem porta,
E cantou a cantiga do Infinito numa capoeira,
E ouviu a voz de Deus num poço tapado.
Crer em mim? Não, nem em nada.
Derrame-me a Natureza sobre a cabeça ardente
O seu sol, a sua chuva, o vento que me acha o cabelo,
E o resto que venha se vier, ou tiver que vir, ou não venha.
Escravos cardíacos das estrelas,

Conquistamos todo o mundo antes de nos levantar da cama;
Mas acordamos e ele é opaco,
Levantamo-nos e ele é alheio,
Saímos de casa e ele é a terra inteira,
Mais o sistema solar e a Via Láctea e o Indefinido.

(Come chocolates, pequena;
Come chocolates!
Olha que não há mais metafísica no mundo senão chocolates.
Olha que as religiões todas não ensinam mais que a confeitaria.
Come, pequena suja, come!
Pudesse eu comer chocolates com a mesma verdade com que comes!
Mas eu penso e, ao tirar o papel de prata, que é de folha de estanho,
Deito tudo para o chão, como tenho deitado a vida.)

Mas ao menos fica da amargura do que nunca serei
A caligrafia rápida destes versos,
Pórtico partido para o Impossível.
Mas ao menos consagro a mim mesmo um desprezo sem lágrimas,
Nobre ao menos no gesto largo com que atiro
A roupa suja que sou, sem rol, pra o decurso das coisas,
E fico em casa sem camisa.

(Tu, que consolas, que não existes e por isso consolas,
Ou deusa grega, concebida como estátua que fosse viva,
Ou patrícia romana, impossivelmente nobre e nefasta,
Ou princesa de trovadores, gentilíssima e colorida,
Ou marquesa do século dezoito, decotada e longínqua,
Ou cocote célebre do tempo dos nossos pais,
Ou não sei quê moderno — não concebo bem o quê —,
Tudo isso, seja o que for, que sejas, se pode inspirar que inspire!
Meu coração é um balde despejado.
Como os que invocam espíritos invocam espíritos invoco
A mim mesmo e não encontro nada.

Chego à janela e vejo a rua com uma nitidez absoluta.
Vejo as lojas, vejo os passeios, vejo os carros que passam,
Vejo os entes vivos vestidos que se cruzam,
Vejo os cães que também existem,
E tudo isto me pesa como uma condenação ao degredo,
E tudo isto é estrangeiro, como tudo.)

Vivi, estudei, amei e até cri,
E hoje não há mendigo que eu não inveje só por não ser eu.
Olho a cada um os andrajos e as chagas e a mentira,
E penso: talvez nunca vivesses nem estudasses nem amasses nem cresses
(Porque é possível fazer a realidade de tudo isso sem fazer nada disso);
Talvez tenhas existido apenas, como um lagarto a quem cortam o rabo
E que é rabo para aquém do lagarto remexidamente.

Fiz de mim o que não soube,
E o que podia fazer de mim não o fiz.
O dominó que vesti era errado.
Conheceram-me logo por quem não era e não desmenti, e perdi-me.
Quando quis tirar a máscara,
Estava pegada à cara.
Quando a tirei e me vi ao espelho
Já tinha envelhecido.
Estava bêbado, já não sabia vestir o dominó que não tinha tirado.
Deitei fora a máscara e dormi no vestiário
Como um cão tolerado pela gerência
Por ser inofensivo
E vou escrever esta história para provar que sou sublime.

Essência musical dos meus versos inúteis,
Quem me dera encontrar-te como coisa que eu fizesse,
E não ficasse sempre defronte da Tabacaria de defronte,
Calcando aos pés a consciência de estar existindo,
Como um tapete em que um bêbado tropeça
Ou um capacho que os ciganos roubaram e não valia nada.

130

Mas o Dono da Tabacaria chegou à porta e ficou à porta.
Olho-o com o desconforto da cabeça mal voltada
E com o desconforto da alma mal-entendendo.
Ele morrerá e eu morrerei.
Ele deixará a tabuleta, eu deixarei versos.
A certa altura morrerá a tabuleta também, e os versos também.
Depois de certa altura morrerá a rua onde esteve a tabuleta,
E a língua em que foram escritos os versos.
Morrerá depois o planeta girante em que tudo isto se deu.
Em outros satélites de outros sistemas qualquer coisa como gente
Continuará fazendo coisas como versos e vivendo por baixo de coisas como tabuletas,
Sempre uma coisa defronte da outra,
Sempre uma coisa tão inútil como a outra,
Sempre o impossível tão estúpido como o real,
Sempre o mistério do fundo tão certo como o sono de mistério da superfície,
Sempre isto ou sempre outra coisa ou nem uma coisa nem outra.

Mas um homem entrou na Tabacaria (para comprar tabaco?)
E a realidade plausível cai de repente em cima de mim.
Semiergo-me enérgico, convencido, humano,
E vou tencionar escrever estes versos em que digo o contrário.

Acendo um cigarro ao pensar em escrevê-los
E saboreio no cigarro a libertação de todos os pensamentos.
Sigo o fumo como uma rota própria,
E gozo, num momento sensitivo e competente,
A libertação de todas as especulações
E a consciência de que a metafísica é uma consequência de estar mal disposto.

Depois deito-me para trás na cadeira
E continuo fumando.
Enquanto o Destino mo conceder, continuarei fumando.

(Se eu casasse com a filha da minha lavadeira
Talvez fosse feliz.)
Visto isto, levanto-me da cadeira. Vou à janela.

O homem saiu da Tabacaria (metendo troco na algibeira das calças?).
Ah, conheço-o; é o Esteves sem metafísica.
(O Dono da Tabacaria chegou à porta.)
Como por um instinto divino o Esteves voltou-se e viu-me,
Acenou-me adeus, gritei-lhe *Adeus ó Esteves!*, e o universo
Reconstruiu-se-me sem ideal nem esperança, e o Dono da Tabacaria sorriu.

............

Todas as cartas de amor são
Ridículas.
Não seriam cartas de amor se não fossem
Ridículas.

Também escrevi em meu tempo cartas de amor,
Como as outras,
Ridículas.

As cartas de amor, se há amor,
Têm de ser
Ridículas.

Mas, afinal,
Só as criaturas que nunca escreveram
Cartas de amor
É que são
Ridículas.

Quem me dera no tempo em que escrevia
Sem dar por isso
Cartas de amor
Ridículas.

A verdade é que hoje
As minhas memórias
Dessas cartas de amor
É que são
Ridículas.

(Todas as palavras esdrúxulas,
Como os sentimentos esdrúxulos,
São naturalmente
Ridículas.)

............

## Ricardo Reis

Vem sentar-te comigo, Lídia, à beira do rio.
Sossegadamente fitemos o seu curso e aprendamos
Que a vida passa, e não estamos de mãos enlaçadas.
        (Enlacemos as mãos.)

Depois pensemos, crianças adultas, que a vida
Passa e não fica, nada deixa e nunca regressa,
Vai para um mar muito longe, para ao pé do Fado,
        Mais longe que os deuses.

Desenlacemos as mãos, porque não vale a pena cansarmo-nos.
Quer gozemos, quer não gozemos, passamos como o rio.
Mais vale saber passar silenciosamente
        E sem desassossegos grandes.

Sem amores, nem ódios, nem paixões que levantam a voz,
Nem invejas que dão movimento demais aos olhos,
Nem cuidados, porque se os tivesse o rio sempre correria,
      E sempre iria ter ao mar.

Amemo-nos tranquilamente, pensando que podíamos,
Se quiséssemos, trocar beijos e abraços e carícias,
Mas que mais vale estarmos sentados ao pé um do outro
      Ouvindo correr o rio e vendo-o.

Colhamos flores, pega tu nelas e deixa-as
No colo, e que o seu perfume suavize o momento —
Este momento em que sossegadamente não cremos em nada,
      Pagãos inocentes da decadência.

Ao menos, se for sombra antes, lembrar-te-ás de mim depois
Sem que a minha lembrança te arda ou te fira ou te mova,
Porque nunca enlaçamos as mãos, nem nos beijamos
      Nem fomos mais do que crianças.

E se antes do que eu levares o óbolo ao barqueiro sombrio[1],
Eu nada terei que sofrer ao lembrar-me de ti.
Ser-me-ás suave à memória lembrando-te assim — à beira-rio.
      Pagã triste e com flores no regaço.

      ............

      Ao longe os montes têm neve ao sol,
      Mas é suave já o frio calmo
          Que alisa e agudece
          Os dardos do sol alto.

      Hoje, Neera, não nos escondamos,
      Nada nos falta, porque nada somos.
          Não esperamos nada
          E temos frio ao sol.

---

1. Referência a Caronte, figura mitológica que conduzia as sombras dos mortos para o reino de Hades, o deus das profundezas. Segundo a mitologia grega, era preciso colocar uma moeda (óbolo) na boca do defunto, pois esse era o preço do barqueiro para levar a sombra do morto para o outro reino.

Mas tal como é, gozemos o momento,
Solenes na alegria levemente,
    E aguardando a morte
    Como quem a conhece.

............

Antes de nós nos mesmos arvoredos
Passou o vento, quando havia vento,
    E as folhas não falavam
    De outro modo do que hoje.

Passamos e agitamo-nos debalde.
Não fazemos mais ruído no que existe
    Do que as folhas das árvores
    Ou os passos do vento.

Tentemos pois com abandono assíduo
Entregar nosso esforço à Natureza
    E não querer mais vida
    Que a das árvores verdes.

Inutilmente parecemos grandes.
Salvo nós nada pelo mundo fora
    Nos saúda a grandeza
    Nem sem querer nos serve.

Se aqui, à beira-mar, o meu indício
Na areia o mar com ondas três o apaga,
    Que fará na alta praia
    Em que o mar é o Tempo?

............

**135**

Para ser grande, sê inteiro: nada
Teu exagera ou exclui.
Sê todo em cada coisa. Põe quanto és
No mínimo que fazes.
Assim em cada lago a lua toda
Brilha, porque alta vive.

...........

Tão cedo passa tudo quanto passa!
Morre tão jovem ante os deuses quanto
Morre! Tudo é tão pouco!
Nada se sabe, tudo se imagina.
Circunda-te de rosas, ama, bebe
E cala. O mais é nada.

...........

**Alberto Caeiro**

## *O guardador de rebanhos*

## *II*

O meu olhar é nítido como um girassol.
Tenho o costume de andar pelas estradas
Olhando para a direita e para a esquerda,
E de vez em quando olhando para trás...
E o que vejo a cada momento
É aquilo que nunca antes eu tinha visto,
E eu sei dar por isso muito bem...
Sei ter o pasmo essencial
Que tem uma criança se, ao nascer,
Reparasse que nascera deveras...
Sinto-me nascido a cada momento
Para a eterna novidade do Mundo...

**136**

Creio no mundo como num malmequer,
Porque o vejo. Mas não penso nele
Porque pensar é não compreender...
O Mundo não se fez para pensarmos nele
(Pensar é estar doente dos olhos)
Mas para olharmos para ele e estarmos de acordo...

Eu não tenho filosofia: tenho sentidos...
Se falo na Natureza não é porque saiba o que ela é,
Mas porque a amo, e amo-a por isso,
Porque quem ama nunca sabe o que ama
Nem sabe por que ama, nem o que é amar...

Amar é a eterna inocência,
E a única inocência não pensar...

## V

Há metafísica bastante em não pensar em nada.

O que penso eu do mundo?
Sei lá o que penso do mundo!
Se eu adoecesse pensaria nisso.

Que ideia tenho eu das coisas?
Que opinião tenho sobre as causas e os efeitos?
Que tenho eu meditado sobre Deus e a alma
E sobre a criação do mundo?
Não sei. Para mim pensar nisso é fechar os olhos
E não pensar. É correr as cortinas
Da minha janela (mas ela não tem cortinas).

O mistério das coisas? Sei lá o que é mistério!
O único mistério é haver quem pense no mistério.
Quem está ao sol e fecha os olhos,
Começa a não saber o que é o sol,
E a pensar muitas coisas cheias de calor.
Mas abre os olhos e vê o sol,
E já não pode pensar em nada,
Porque a luz do sol vale mais que os pensamentos
De todos os filósofos e de todos os poetas.
A luz do sol não sabe o que faz
E por isso não erra e é comum e boa.

Metafísica? Que metafísica têm aquelas árvores?
A de serem verdes e copadas e de terem ramos
E a de dar fruto na sua hora, o que não nos faz pensar,
A nós, que não sabemos dar por elas.
Mas que melhor metafísica que a delas,
Que é a de não saber para que vivem
Nem saber que o não sabem?

"Constituição íntima das coisas..."
"Sentido íntimo do universo..."
Tudo isto é falso, tudo isto não quer dizer nada.
É incrível que se possa pensar em coisas dessas.
É como pensar em razões e fins
Quando o começo da manhã está raiando, e pelos lados das árvores
Um vago ouro lustroso vai perdendo a escuridão.

Pensar no sentido íntimo das coisas
É acrescentado, como pensar na saúde
Ou levar um copo à água das fontes.

O único sentido íntimo das coisas
É elas não terem sentido íntimo nenhum.

Não acredito em Deus porque nunca o vi.
Se ele quisesse que eu acreditasse nele,
Sem dúvida que viria falar comigo
E entraria pela minha porta dentro
Dizendo-me, *Aqui estou!*

(Isto é talvez ridículo aos ouvidos
De quem, por não saber o que é olhar para as coisas,
Não compreende quem fala delas
Com o modo de falar que reparar para elas ensina.)

Mas se Deus é as flores e as árvores
E os montes e sol e o luar,
Então acredito nele,
Então acredito nele a toda a hora,
E a minha vida é toda uma oração e uma missa,
E uma comunhão com os olhos e pelos ouvidos.

Mas se Deus é as árvores e as flores
E os montes e o luar e o sol,
Para que lhe chamo eu Deus?
Chamo-lhe flores e árvores e montes e sol e luar;
Porque, se ele se fez para eu o ver,
Sol e luar e flores e árvores e montes,
Se ele me aparece como sendo árvores e montes
E luar e sol e flores,
É que ele quer que eu o conheça
Como árvores e montes e flores e luar e sol.

**139**

E por isso eu obedeço-lhe,
(Que mais sei eu de Deus que Deus de si próprio?),
Obedeço-lhe a viver, espontaneamente,
Como quem abre os olhos e vê,
E chamo-lhe luar e sol e flores e árvores e montes,
E amo-o sem pensar nele,
E penso-o vendo e ouvindo,
E ando com ele a toda a hora.

## X

"Olá, guardador de rebanhos,
Aí à beira da estrada,
Que te diz o vento que passa?"

"Que é vento, e que passa,
E que já passou antes,
E que passará depois.
E a ti o que te diz?"

"Muita cousa mais do que isso.
Fala-me de muitas outras cousas.
De memórias e de saudades
E de cousas que nunca foram."

"Nunca ouviste passar o vento.
O vento só fala do vento.
O que lhe ouviste foi mentira,
E a mentira está em ti."

# XVI

Quem me dera que a minha vida fosse um carro de bois
Que vem a chiar, manhãzinha cedo, pela estrada,
E que para de onde veio volta depois
Quase à noitinha pela mesma estrada.

Eu não tinha que ter esperanças — tinha só que ter rodas...
A minha velhice não tinha rugas nem cabelo branco...
Quando eu já não servia, tiravam-me as rodas
E eu ficava virado e partido no fundo de um barranco.

# XX

O Tejo é mais belo que o rio que corre pela minha aldeia,
Mas o Tejo não é mais belo que o rio que corre pela minha aldeia
Porque o Tejo não é o rio que corre pela minha aldeia.

O Tejo tem grandes navios
E navega nele ainda,
Para aqueles que veem em tudo o que lá não está,
A memória das naus.

O Tejo desce de Espanha
E o Tejo entra no mar em Portugal.
Toda a gente sabe isso.
Mas poucos sabem qual é o rio da minha aldeia
E para onde ele vai
E donde ele vem.
E por isso, porque pertence a menos gente,
É mais livre e maior o rio da minha aldeia.

Pelo Tejo vai-se para o Mundo.
Para além do Tejo há a América
E a fortuna daqueles que a encontram.
Ninguém nunca pensou no que há para além
Do rio da minha aldeia.

O rio da minha aldeia não faz pensar em nada.
Quem está ao pé dele está só ao pé dele.

## XXXIX

O mistério das cousas, onde está ele?
Onde está ele que não aparece
Pelo menos a mostrar-nos que é mistério?
Que sabe o rio disso e que sabe a árvore?
E eu, que não sou mais do que eles, que sei disso?
Sempre que olho para as cousas e penso no que os homens pensam delas,
Rio como um regato que soa fresco numa pedra.

Porque o único sentido oculto das cousas
É elas não terem sentido oculto nenhum.
É mais estranho do que todas as estranhezas
E do que os sonhos de todos os poetas
E os pensamentos de todos os filósofos,
Que as cousas sejam realmente o que parecem ser
E não haja nada que compreender.

Sim, eis o que os meus sentidos aprenderam sozinhos: —
As cousas não têm significação: têm existência.
As cousas são o único sentido oculto das cousas.

# NOTAS BIOGRÁFICAS

## ALMEIDA GARRETT

João Batista da Silva Leitão de Almeida Garrett nasceu na cidade do Porto em 1799 e morreu em Lisboa em 1854.

De formação neoclássica, Garrett não chegou a ser um escritor tipicamente romântico. Sua postura racionalista impediu-o de entregar-se à literatura de grandes impulsos emotivos e passionais, poucas vezes presentes em sua obra. No entanto, teve uma atuação importante para a fixação do Romantismo em Portugal, marcando presença em diversos gêneros literários. Aliás, seu longo poema "Camões", publicado em 1825 e no qual ele faz uma espécie de biografia sentimental do famoso poeta-soldado, é o marco inicial do movimento romântico português.

Das obras de Almeida Garrett, merecem destaque, na poesia, *Dona Branca, Flores sem fruto, Folhas caídas*; na prosa, *Viagens na minha terra*; no teatro, *Frei Luís de Sousa*.

## ANTERO DE QUENTAL

Antero Tarquínio de Quental nasceu em 1842, na Ilha de São Miguel, no arquipélago dos Açores, e aí se suicidou em 1891.

Dedicou-se à reflexão dos grandes problemas filosóficos e sociais de seu tempo e participou ativamente da vida cultural portuguesa, contribuindo de modo decisivo para a implantação das ideias renovadoras da geração de 1870, a geração realista de Eça de Queirós.

Os sonetos em que expressa suas inquietações religiosas e metafísicas constituem a parte mais importante de sua obra poética. É considerado o maior poeta-filósofo da literatura portuguesa e um mestre do soneto, ao lado de Camões e Bocage.

Deixou os seguintes livros de poesia: *Odes modernas*, *Primaveras românticas*, *Sonetos completos*, *Raios de extinta luz*.

### ANTÔNIO NOBRE

Antônio Nobre nasceu na cidade do Porto, em 1867, e aí morreu em 1900.

É um dos mais populares poetas portugueses e seus versos falam dos saudosos tempos da infância, da convivência com os amigos e familiares, cantando numa linguagem suave e espontânea os sentimentos, as tristezas, o amor à terra natal:

"Ouvi-os vós todos, meus bons Portugueses!
Pelo cair das folhas, o melhor dos meses,

Mas, tende cautela, não vos faça mal...
Que é o livro mais triste que há em Portugal!"

A poesia de Antônio Nobre é a manifestação de um lirismo sentimental de raízes tradicionais, responsável, aliás, pela ampla ressonância que seus versos encontraram na alma popular.

Em vida, publicou apenas um livro — *Só*, deixando inéditos *Primeiros versos* e *Despedidas*.

## BOCAGE

Manuel Maria Barbosa du Bocage nasceu em Setúbal, em 1765, e morreu em Lisboa, em 1805.

Embora tenha deixado fama de grande poeta satírico, Bocage é considerado um dos melhores sonetistas líricos da literatura portuguesa.

No início de sua atividade poética, Bocage reflete a influência das convenções do Arcadismo; seus poemas falam de pastores, de ninfas, de deuses, e ressentem-se de um certo artificialismo. Bocage chegou a participar da Academia de Belas Artes, ou Nova Arcádia, adotando o pseudônimo de Elmano Sadino.

Logo, porém, sua grande vocação de poeta lírico o fez romper com os artificialismos do Arcadismo em favor de uma expressão mais pura e livre de seu mundo pessoal. É o momento da grande poesia lírica de Bocage.

Voltando-se inteiramente para dentro de si mesmo, o poeta passa a expressar suas preocupações existenciais — o destino do homem, os desencontros amorosos, a angústia da morte, o desespero da solidão. E esse tom profundamente subjetivo da poesia de Bocage torna-o um precursor do Romantismo em Portugal.

## CAMILO PESSANHA

Camilo d'Almeida Pessanha nasceu em Coimbra, em 1867, e morreu em Macau, província portuguesa na China, em 1926.

A musicalidade de seus versos, o poder de sugestão de suas imagens, a sensível expressão de seus dramas interiores fazem de Camilo Pessanha o principal nome do Simbolismo português.

Publicou apenas um livro — *Clepsidra*, em 1920.

## CESÁRIO VERDE

José Joaquim Cesário Verde nasceu em Lisboa, em 1855, e aí morreu em 1886.

Afastando-se do lirismo sentimental e das meditações filosóficas, Cesário Verde fez da observação da cinzenta vida urbana, do quotidiano prosaico e aparentemente antipoético a fonte de seus versos.

A cidade de que trata o poeta é a Lisboa da segunda metade do século XIX, uma cidade em plena transformação, com novas construções, com "febre" de modernidade e com uma nova massa humana, composta de operários e burgueses em flagrante contraste de condições de vida.

A leitura do poema "O sentimento dum ocidental", considerado a obra-prima de Cesário Verde, mostrará claramente essa nova maneira de registrar poeticamente a vida humana.

Cesário Verde não publicou nenhum livro em vida. Depois de sua morte, seus versos foram reunidos por um amigo e publicados com o título *O livro de Cesário Verde*.

## EUGÊNIO DE CASTRO

Eugênio de Castro e Almeida nasceu em Coimbra, em 1869, e aí morreu em 1944.

Embora seja o iniciador do Simbolismo português, com a publicação da obra *Oaristos*, em 1890, Eugênio de Castro não se manteve fiel aos princípios desse movimento.

Sua poesia revela-se nitidamente simbolista apenas nesse livro e em *Horas*, de 1891, tendendo, em outras obras, para certo preciosismo formal que o aproxima dos parnasianos.

## FERNANDO PESSOA

Fernando Antônio Nogueira Pessoa nasceu em Lisboa em 1888 e aí morreu, em 1935.

A riqueza da obra poética deixada por Fernando Pessoa coloca-o indiscutivelmente como um dos maiores nomes da literatura portuguesa de todos os tempos. A profunda lucidez com que investiga a condição humana é a marca de sua poesia. No entanto, apesar de a emoção e os sentimentos serem agudamente vigiados pela razão, sua obra não é filosofia. A maleabilidade do verso, a surpreendente originalidade com que forja expressões e metáforas, a felicidade dos achados linguísticos e a profunda visão subjetiva da realidade fazem de sua obra a expressão de um espírito lúcido, mas sempre expressão lírica.

Na ânsia de buscar o significado da existência, na ânsia de examinar a realidade de diferentes ângulos, Fernando Pessoa desdobrou-se em vários heterônimos, dos quais Álvaro de Campos, Alberto Caeiro e Ricardo Reis são os principais. Esses heterônimos, na verdade, são desmembramentos de seu próprio "eu" lírico, são outras "personalidades" de Fernando Pessoa "ele-mesmo": "Multipliquei-me, para me sentir, /Para me sentir, precisei sentir tudo, /Transbordei-me, não fiz senão extravasar-me".

Para cada um desses heterônimos, Fernando Pessoa criou um estilo, uma linguagem, uma visão de mundo e até uma "biografia". Em Álvaro de Campos, encontramos o poeta angustiado do século XX, maquinizado, urbano, descrente; em Ricardo Reis, encontramos o poeta pagão, o poeta da antiguidade clássica que exalta o momento presente e nos lembra, a todo instante, que a vida é breve e deve ser prazerosamente vivida; Alberto Caeiro, por sua vez, representa o poeta que busca o campo e a vida ingênua e simples, despojada de qualquer inquietação intelectual.

E a poesia assinada por Fernando Pessoa "ele-mesmo" expressa o lirismo português de cadência popular mas desencantado, sem ingenuidades sentimentais, e o nacionalismo saudosista e místico do livro *Mensagem*.

Ao morrer, Fernando Pessoa tinha publicado apenas alguns poemas esparsos e *Mensagem*. O restante de sua obra só postumamente veio a público.


### FLORBELA ESPANCA

Florbela de Alma da Conceição Espanca nasceu em Vila Viçosa, em 1894, e morreu em Matosinhos, em 1930.

Seus versos revelam uma sensibilidade fortemente marcada pelo erotismo, pela exaltação dos sentimentos e dos prazeres, pelo mergulho doloroso na paixão, numa ansiosa e sempre insatisfeita busca de plenitude, como se pode perceber no soneto "Amar!".

Florbela Espanca é considerada, hoje em dia, um dos nomes mais importantes da poesia lírica portuguesa.

Suas principais obras são: *Livro de mágoas*, *Livro de Sóror Saudade*, *Charneca em flor*.

## JOÃO DE DEUS

João de Deus Ramos nasceu em 1830, em São Bartolomeu de Messines, no Algarve, e morreu em Lisboa, em 1896.

A poesia do Romantismo português tem na obra de João de Deus sua realização mais significativa. Distante dos excessos do Ultra-Romantismo, que exagerava na poesia-confissão, no pessimismo e nas lamentações, João de Deus soube assimilar a tradição lírica portuguesa (inclusive a dos cancioneiros medievais) para realizar uma obra madura. Deixou os seguintes livros: *Flores do campo* e *Campo de flores*.

## LUÍS DE CAMÕES

A biografia de Luís Vaz de Camões é ainda cheia de lacunas. Sabe-se que ele teria nascido por volta de 1525, mas não há documentos que comprovem a data e o local (Lisboa? Coimbra?).

Estudou em Coimbra, onde deve ter lido os clássicos da Antiguidade e os humanistas italianos. Em 1547, embarcou para a África, onde, nas lutas pela conquista de Ceuta, veio a perder o olho direito. Após o regresso, passou a frequentar os salões aristocráticos.

Em 1552, numa briga, feriu um funcionário do paço e foi preso. Sob promessa de juntar-se aos que lutavam no Oriente, foi solto e parte para as Índias em 1553. No Oriente, participou de várias expedições militares e viajou muito, exercendo as mais diversas atividades. Seu itinerário por essa parte do mundo não está devidamente documentado; sabe-se que em 1570 voltou a Lisboa, sem dinheiro, mas com o precioso manuscrito de *Os lusíadas*, que conseguiu publicar em 1572.

Após a publicação dessa obra, o rei D. Sebastião, a quem o poema é dedicado, concedeu-lhe uma pensão. Camões, porém, continuou levando uma vida muito pobre, vindo a falecer no dia 10 de junho de 1580. Além de *Os lusíadas*, deixou uma rica produção de poesia lírica e as peças *Auto de Filodemo*, *El-rei Seleuco* e *Anfitriões*.

## MÁRIO DE SÁ-CARNEIRO

Mário de Sá-Carneiro nasceu em Lisboa, em 1890, e se suicidou em Paris, em 1916.

Sua obra poética é uma das realizações mais significativas do Modernismo.

Voltado inteiramente para seu mundo interior, Sá-Carneiro fez de sua poesia uma confissão angustiada de seus dramas pessoais, de seu "estranhamento" no mundo, de seus momentos de tédio e desespero, como se pode observar, por exemplo, no poema "Dispersão".

Frustrado, inseguro, hipersensível, Sá-Carneiro não suportou esses conflitos existenciais, suicidando-se aos 26 anos de idade.

Deixou as seguintes obras: *Dispersão* (poesias), *Indícios de oiro* (poesias), *Céu em fogo* (contos), *A confissão de Lúcio* (narrativa), *Princípio* (contos).

# BIBLIOGRAFIA

(Livros que serviram de base para a reprodução dos poemas)

AMORA, Antônio Soares. *Presença da literatura portuguesa — II (Era clássica)*. São Paulo, Difusão Europeia do Livro, 1970.
——. *Presença da literatura portuguesa — IV (Simbolismo)*. São Paulo, Difusão Europeia do Livro, 1974.
CAMÕES, Luís de. *Camões épico*. Rio de Janeiro, Agir, 1963.
——. *Obra completa*. Rio de Janeiro, Aguilar, 1963.
DEUS, João de. *Poesia*. Rio de Janeiro, Agir, 1967.
ESPANCA, Florbela. *Sonetos completos*. Coimbra, Livraria Gonçalves, 1952.
GOMES, Álvaro Cardoso. *Poemas escolhidos de Bocage*. São Paulo, Cultrix, 1974.
MOISÉS, Massaud. *A literatura portuguesa através dos textos*. São Paulo, Cultrix, 1980.
——. *Presença da literatura portuguesa — III (Romantismo, Realismo)*. São Paulo, Difusão Europeia do Livro, 1974.
——. *Presença da literatura portuguesa — V (Modernismo)*. São Paulo, Difusão Europeia do Livro, 1974.
NOBRE, Antônio. *Poesia*. Rio de Janeiro, Agir, 1967.
PESSANHA, Camilo. *Poesia e prosa*. Rio de Janeiro, Agir, 1965.
PESSOA, Fernando. *Obra poética*. Rio de Janeiro, Aguilar, 1969.
QUENTAL, Antero de. *Poesia e prosa*. Rio de Janeiro, Agir, 1967.
——. *Poesia e prosa*. São Paulo, Cultrix, 1974.
SÁ-CARNEIRO, Mário de. *Poesia*. Rio de Janeiro, Agir, 1967.
——. *Poesias*. Lisboa, Ática, 1953.
VERDE, Cesário. *Poesia*. Rio de Janeiro, Agir, 1967.

# BIBLIOGRAFIA CRÍTICA COMPLEMENTAR

Além das obras citadas anteriormente, importantes também do ponto de vista crítico, destacamos:

CIDADE, Hernâni. *Luís de Camões — o épico*. Lisboa, Livraria Bertrand, 1953.

——. *Luís de Camões — o lírico*. Lisboa, Livraria Bertrand, 1967.

MOISÉS, Massaud. *A literatura portuguesa*. São Paulo, Cultrix, 1997.

SARAIVA, Antônio José e LOPES, Oscar. *História da literatura portuguesa*. Porto, Ed. Porto, s/d.